SEASONS OF YOU

외전 2

마세리 장편소설

시절 연애

외전 2

SEASONS OF YOU

엘릭시르

차례

제1장
아직도 연애중

“사장님. 권승주 사장님?”

일부러 들으라고 벽을 똑똑 두드렸는데도 무반응이다. 권승주는 내가 들어온 걸 알고도 서류에서 눈을 떼지 않았다. 여전히 미친 워크홀릭이다.

“하여간 사람 불러놓고 바쁜 척은.”

권승주를 내버려둔 채 나는 사무실 구경을 했다. 대로 한복판에 선 네 채의 마천루 중 43층 꼭대기에 자리한 권진의 요지. 권진 전자 사장실은 어떻게 생겼나. 내부야 결벽증 환자인 사장 취향처럼 별 볼 일 없어서, 시선이 자연스레 전면창으로 향했다. 테헤란로가 훤히 내려다보이는 멋진 전망은 살짝 부러울 정도였다.

전자와 달리 우리 회사는 뷰는 별로였지만 대신 위치가 좋았다. 서울을 떠받친 주산의 맥이 내려오는 터라고 했다. 건설사는 자기 건물을 올리면 망한다는 그 미신을 이사회 노인네들이 철석같이 믿는 바람에 신축도 불가했다. 그 자리가 재운이 미친 듯이 강한 땅이라나? 그래서 이사도 못 간다.

저 인간은 어차피 서류만 보느라 창밖을 쳐다볼 시간도 없는데. 사무실 전망이 아까웠다. 나는 차로 꽉 막힌 강남대로를 내려다보면서 입을 열었다.

"회장님 지금 호흡기 달고 계신다더라."

할아버지는 최근 급격히 상태가 안 좋아졌다. 가는 세월이 참 빠르다. 암 수술을 앞두고 내가 면회 갔던 게 벌써 몇 년 전이다.

"이 교수가 나한테 분명 그랬거든. 할배 연명치료 동의 안 했으니까 보호자 서명하고 가라고."

당시 나는 본인 의견을 존중하겠다는 변명으로 이 교수의 제안을 거절했다. 어차피 수술은 전에도 성공을 예견했고 회복 징후도 좋았다. 암은 그랬다. 이후 합병증이 와서 문제였지.

"형이 사인했어?"

꽤 한참 뒤에야 권승주가 입을 열었다.

"협의서 미완성."

"연명치료에 무슨 협의서?"

"말고, 회장님 상속재산분할 협의서."

맞다. 상속이 깨끗하게 마무리되기 전까지는 돌아가시면 안 될 대단한 분이었다, 우리 할아버지가.

"변호사 보내면 너도 서명해. 가족들 협의서 전부 완성되는 대로 회장님 호흡기 떼실 테니까."

주차장이나 다름없는 강남대로 한복판 너머로 창문에 비친 권승주가 보인다. 서류를 내려다보는 짙은 눈썹 사이로 얇게 주름이 졌다. 기자들 카메라 앞에서나 웃지, 온기라곤 한 톨도 없는 인간이었다.

"집안 꼴이 참. 잘 돌아간다."

자조에 가까운 실소가 터졌다. 두꺼운 유리창을 뚫고 들어온 낙조에 눈이 부셔 뒤를 돌아보자 마침 권승주가 고개를 들었다.

"한번 가서 뵙든가."

"내 일은 내가 알아서 할게."

"혼자 어색하면 준영이, 준서 데리고 가."

"알아서 한다고요, 형님."

어릴 때부터 봤던 인간이라 그런가. 성질대로 뻗대기가 어색했다. 정작 한 지붕 아래 같이 살 때는 대화 한번 안 하다가 내가 성인이 된 이후에 좀 친해졌다. 본인과 레벨이 맞지 않으면 인간 취급을 안 하는 냉혈한이라, 친하게 지내는 사람이 집안에도 몇 없었다.

"얼굴 한번 뵙기도 힘드네. 다음에는 안 바쁠 때 불러주시죠?"

감옥에 간 작은아버지가 싸놓은 똥이 한두 개가 아니었다. 노사 갈등, 권진 화학 폐수유출사고, 갑질 사건 마무리까지. 당장 대한민국 국민 머릿속에 떠오르는 굵직한 사건 사고만 여러 건이었다. 뒤처리만으로 눈코 뜰 새 없을 거다.

"괜히 오라 가라 부르지 마시란 소립니다. 서로 피곤하게."

"……"

"갑니다."

사무실 문을 열자, 권승주의 비서가 일회용 장갑을 끼고 알코올 스프레이와 스왑을 들고 서 있었다. 어색한 표정으로 먼저 내게 눈인사를 건넸다.

그쪽도 고생 참 많으십니다.

저 인간에 비하면 나는 정말 양반이지 싶었다. 43층의 비서실이며 회의실이며 한두 명 드나드는 게 아닐 텐데, 매번 어떻게 저래. 아무래도 저 인간 비위 맞추기가 보통이 아니겠지. 안타깝다 싶을 때쯤 비서가 내게 자그마한 종이가방을 내밀었다.

"사장님께서 준비하셨습니다."

"뭔데, 이거."

곧장 뒤돌아보며 물었다. 권승주가 날 쳐다도 안 보고 대답했다.

"돌잔치는 부르지 마라."

"단체 문자였거든요."

우리 현우 백일잔치에 초대했었다. 하지만 저 인간이 우리 아기 백일잔치에 참석할 거라곤 기대도 안 했다.

"나 아기 싫어해."

"걱정하지 마. 아기들도 당신 싫어해."

"가라. 정신 사납다."

굳이 애 싫다고 덧붙이기까지 하는 걸 보니 불참한 게 신경쓰였나보다. 웃겨.

강남대로를 빠져나가며 종이가방 안의 상자를 열자 황금 광채가 쏟아졌다. 눈이 다 부셨다. 두툼한 금반지, 금팔찌, 금목걸이 세트였다. 반지며 팔찌며 목걸이며 엄청나게 못생긴 두꺼비가 올라가 있는 게 인상적이었다.

"쯧, 구해도 어디서 이렇게 촌스러운 걸……"

우리 집안사람들 한 명 한 명 다 제각각으로 이상하지만, 그중에서도 나는 권승주를 최고로 쳤다. 겉으로는 멀쩡한 인간인 척 탈을 쓰고 있는데 속으론 대체 무슨 생각을 하고 사는지 도통 알 수가 없었다. 이 금두꺼비 세트도 그랬다.

우리 예쁜 현우한테 어떻게 이렇게 못생긴 걸 줘. 두꺼비랑 눈이라도 마주쳤다간 애가 놀라서 경기하게 생겼네. 본인 딴에는 백일 선물이라고 나름 준비한 모양이지? 이딴 걸 주려고 사람을 여기까지 불렀나. 어이가 없어서 참. 아무튼 황당한 인간이다.

❀

금두꺼비를 받질 말 걸 그랬다. 권승주에게 다녀온 이후로 나는 원치 않은 뇌물을 받은 사람처럼 괜히 찜찜해졌다.

그래, 한번은 들여다봐야지. 내 할아버진데. 핏줄인데. 알 수 없는 죄책감이 결국 나를 병원으로 떠밀었다. 그날 권승주의 부름은 할배 병문안을 가라는 모종의 수법이었나 싶다. 남에게서 자신이 원하는 결과를 도출해내는 데는 천재적인 인간이니까.

하지만 타이밍이 심하게 안 맞았다. 우선 병실에 할아버지가 안 계셨다.

"섬망이 갈수록 심해지셔서 가족들을 아무도 못 알아보세요. 권승주 사장님도 다녀가셨는데 전혀 모르시더라고요. 회장님이랑 같이 살기도 하셨다던데."

"이런. 저희 현우 얼마 전에 백일 지났거든요. 할아버지께 인사라도 시킬까 했는데."

물론 그럴 생각은 추호도 없었다.

"어우, 전무님 혼자 오신 게 차라리 다행이에요."

간병인이 격하게 손을 내저었다. 할아버지 옆에서 못 볼 꼴을 많이 본 모양이었다.

"저희 할아버지는 언제쯤 오시죠?"

"곧 회진 시간이라 금방 오실 거예요. 잠깐 밖에서 걸으시는 모양인데. 호흡기 떼신 이후로는 잘 돌아다니세요. 병실

갑갑하시다고요."

할아버지가 계신 병원에 들른다는 말을 나희에겐 따로 하지 않았다. 딱히 목적이 있는 방문도 아니고, 육아로 정신없는 사람에게 또다른 짐을 지울 필요는 없으니까.

어린 내 아들의 옆을 지킬 때면 문득 이런 생각이 든다. 정말 저 무렵의 나를 내 부모에게서 빼앗아갔던가. 그게 인간인가. 쥐었다 폈다 의미 없는 몸짓이나 겨우 하는 갓난아기의 연약한 손가락을 볼 때면 더더욱 울화가 치밀었다.

"안녕하세요, 장 여사님."

"어머, 큰 도련님!"

장 여사가 소변 통을 들고 특실 안으로 들어섰다. 마지막으로 봤을 때보다 30년은 늙은 듯한 얼굴이었다.

"아니지, 아니지. 이제 전무님이지요?"

"편한 대로 부르세요."

"얼굴 너무 좋아지셨네. 요즘 진짜 좋은가봐."

지금은 곁에 사람이 거의 남지 않았지만, 할아버지도 한때는 세상을 호령하던 권력자였다. 장 여사는 몇 안 되는 그들 중 하나였다.

"전무님 아기가 몇 개월이지요?"

"아직 6개월 안 됐습니다."

"어리네. 그땐 아무리 잘해줘도 아무것도 몰라. 하나도 기억 못해. 전무님도 잘 기억 안 나지요? 내가 얼마나 예뻐했는데."

숨을 삼킨 장 여사가 초조함을 감추지 못한 눈으로 물었다.

"그럼요. 어릴 때 일을 다 기억하는 사람이 몇이나 되겠어요."

내 대답에 서운해하기는커녕 안심하는 얼굴이었다.

어릴 적, 나는 장 여사가 날 대할 때 드러나는 저런 미묘한 반응들이 잘 이해되지 않았다. 나를 몹시도 귀찮아하면서도 차마 버리지 못하던 이유를.

장 여사는 본래 내 어머니의 로드매니저였다고 했다. 둘은 친자매처럼 호형호제하며 지내던 사이였는데, 어머니가 결혼하고 나서는 우리 부모님 집에서 같이 살다시피 하며 집안일을 봐줬다고 들었다.

그랬던 장 여사가 한밤중에 택시를 타고 한남동에 들어왔다. 품에는 갓난애였던 나를 안고서. 할아버지의 지령을 받고, 내 부모에게서 나를 훔쳐서.

나는 장 여사가 가진 일말의 죄책감이었다. 악어의 눈물처럼.

"할아버지는 어떠세요. 뭐 기억하시는 거 있어요?"

"본인 한창 젊은 시절 얘기만 줄곧 하셔. 치매가 그렇지 뭐."

"힘드시겠지만 고생 좀 해주세요. 저희 할아버지 모실 사람, 이제 장 여사님밖에 없잖아요."

흐트러진 흰머리와 흔들리는 동공이 한눈에 담겼다. 알량한 그 죄책감이 뭐라고. 정말이지 웃기는 양심의 소유자다.

"나희…… 아니, 아니. 내 정신 좀 봐. 사모님은 잘 지내시고요?"

"네."

내 아내 얘기는 당신하고 할 게 아닌데. 나는 담담한 미소로 대신 답하고 특실을 나섰다.

"다시 들르겠습니다."

오묘한 심정으로 긴 복도를 걷던 그때였다. 뒤에서 들려온 가느다란 목소리가 내 발목을 붙잡았다.

"어…… 어어. 저 여보시오……"

돌아보니 부쩍 마른 노인이 거기 서 있었다. 할아버지였다. 그는 더이상 예전의 그 권위적이고 무서운 회장님이 아니었다. 오히려 그 반대라면 모를까. 몇 년 만의 만남이지만 할아버지의 이런 모습은 상상도 못했다. 충격에 나는 자리에서 굳었다.

"세운 상가…… 거 앞에."

할아버지가 마르고 뻣뻣한 몸으로 내게 다가와선 통사정했다.

"새로…… 생긴 영화관…… 나 거기, 대한극장…… 거 좀…… 데려다주시오."

아들도, 손자도, 아내도, 자신이 평생 일군 회사마저도 머릿속에서 다 지워버린 노인이 선택한 게 고작 영화관이라니. 이제 당신에게 남은 게 겨우 그것뿐이었다.

"'노오란 샤쓰 입은…… 사나이'를…… 내가 오늘…… 보기로 했는데…… 약속이 있어서…… 그러오. 그 사람이…… 기다리는데……"

금방 잊히고 말 거라며. 청춘의 망령이라면서. 내겐 그렇게 말해놓고 정작 할아버지 당신은 자신이 업신여겼던 그 청춘에 갇혀 헤어나오지 못하고 있었다. 모든 걸 잊고서도 용케 그 시절만은 남겼다. 당신한테도 그렇게 소중했던 한때가 있었겠지. 그런 비정한 당신에게도.

황당하고, 가엾고, 어처구니없고, 불쌍하고…… 형용할

수 없는 감정이 밀려와 말문이 막혔다. 생면부지의 타인처럼 날 알아보지 못하는 할아버지 앞에서 나는 아무런 반응도 할 수 없었다.

"어쩐지…… 음음…… 어쩐지……"

할아버지가 노랫말을 흥얼거리기 시작했다. 그 소리를 듣고 장 여사가 걸어나왔다.

"어머, 회장님! 회장님이 제일 예뻐하시던 현진이 왔는데. 더 창피한 꼴 보이지 말고 얼른 들어가셔, 얼른!"

장 여사가 할아버지의 등을 떠밀었다. 그 손길이 기분 나빴는지, 문이 닫힐 때 할아버지도 뭐라고 버럭했다.

"아휴, 회장님! 똥을 앉아서 싸시면 어떡해. 나 미쳐. 장손 왔는데 좀 참으시지! 아우, 냄새야. 아유, 내 팔자. 내 팔자야……"

안에서 장 여사의 피곤한 목소리가 들려왔다. 닫힌 베이지색 미닫이문 앞에서 나는 가족 된 도리로 빌었다.

"장수하세요, 할아버지."

꾸벅 인사를 하고 병원을 나왔다.

식목일에는 현우를 데리고 내 부모님을 찾아갔다.

아이가 태어났으니 가서 인사드리는 게 도리라고 했다. 나는 여태 한번도 부모님 묘에 가본 적이 없었다. 할아버지 말은 무시로 일관했지만, 이번엔 장모님 말씀이라 따랐다. 게다가 나도 부모가 되어보니 이게 맞는 것 같았다.

"바. 바바."

나중에 우리 현우가 내 묘를 찾아오지 않으면 괘씸할 것 같다. 아니, 나는 몰라도 제 엄마한테는 꼭 가야지. 널 낳느라 우리 나희가 얼마나 고생했는데.

이게 부모 마음인가? 현우는 기쁨과 축복 속에서 태어났지만 동시에 나희의 희생과 고통으로 빚어진 아이였다. 임신 40주. 여자가 그 가녀린 몸으로 아기를 품고 버티는 게 얼마나 어려운 일인지, 이제 나도 안다. 우리는 아기가 태어나기까지 하루하루를 허투루 보내지 않았다. 그러니 나도 내 부모에게 감사하는 게 마땅히 옳은 일이겠지.

이나희가 내게 깨우친 세상은 예전과 이토록 다르다.

"이야, 날씨 죽여준다. 성묘 가기 딱 좋은 날이네, 오늘.

그죠, 매형?"

"그래. 그러네."

태어나 처음으로 내 부모님 묘에 가는 길이다. 단단히 마음먹고 왔는데 나는 여전히 어색했다. 가서 뭐라고 해야 할까. 늦게 찾아와서 죄송하다고 해야 하나? 생각이 많아졌다. 나는 여태 제사라곤 숨소리 하나 새어나갈까 무서운, 엄숙한 분위기만 겪어봤다. 할아버지를 필두로 한 우리 집안 분위기 자체가 그랬다.

다행히 찬희가 우리와 동행해서 분위기를 풀어주었다.

"사람들이 잘못 아는데, 오늘이 식목일도 맞지만 한식날이야, 누나. 설날, 단오, 추석 그리고 한식날. 이렇게 우리나라 4대 명절인데, 사람들이 잘 몰라서 식목일에 성묘 간다고 생각하는 거지."

현우를 안고 있는 내 쪽으로 나희가 속삭였다.

"쟤 괜히 데려왔다. 말이 너무 많아."

"왜. 나는 처남 좋은데."

"여보가 잘 받아줘서 쟤가 더 그러는 거야. 오냐오냐하니까."

나희가 구박하거나 말거나, 찬희는 성묘 음식을 하나씩 올리며 꿋꿋이 말을 이었다.

“한식날이 불을 쓰지 않은 음식을 먹는 데서 유래한 명절이거든. 음식도 봐. 주과포혜. 다 찬 음식이잖아.”

“이 선생 납셨네, 정말.”

“뱌.”

중얼거리는 나희와 현우 때문에 그만 웃음이 터지고 말았다. 이런 분위기의 성묫길은 처음인데도 소풍 온 듯 마음이 편안했다. 낯선 길인데도 말이다.

“이제 여기에 있는 사람들이 다 같이 ‘저희 왔습니다’ 하고 먼저 어른들한테 인사드리는 거야. 그리고 향을 피운 다음에 매형이……”

“이찬희. 그만해. 네가 무슨 성묘 MC야?”

“아니, 나는 누나랑 매형이 둘 다 해외파니까. 순서를 모를까봐 설명해주는 거지. 누나 성묘 안 와봤잖아. 와봤어?”

“……처음이긴 하지. 그러는 넌.”

“나는 많이 해봤거든. 우리 교장선생님 선산에 벌초할 때마다 부르셔서 같이 절하고 왔다니까.”

“너를 왜?”

“왜긴, 나 사위 삼는다고. 수진이랑 사귀는 거 학교에 비밀로 했거든. 내가 우리 학교 일등 신랑감이었잖아."

나희가 "웃기고 있네, 진짜" 하고 말하며 조용히 눈을 흘겼다.

어쨌거나 우리는 찬희의 섬세한 설명에 따라 절을 하고, 향을 피웠다. 명절에 할아버지를 따라서 가족 성묘에 가본 적은 있지만 그땐 사람이 너무 많았다. 작은아버지 따라 절이나 해봤지, 제주 역할도 처음이라 어색했다. 그런 내게 찬희가 많은 도움이 되었다.

"이제 매형이 술을 뿌리시고…… 예, 그렇게. 봉분 옆으로, 세 번에 나눠서. 예, 좋습니다."

남의 성묫길에도 몇 번 따라갔다는 찬희는 워낙 변죽이 좋았다. 내 부모 묘소에서도 말없는 나와는 차원이 달랐다.

"관리가 워낙 잘돼서 잡초도 뭐 뽑을 게 없네. 우리 어머님, 아버님 거기서 잘 지내고 계시죠? 근심 없이 편안하시죠? 자리도 아주 기가 막히네. 명당이네, 명당. 그늘지면 봉분 뒤에 버섯도 피고 그러거든요? 하나도 없네. 눈을 씻고 봐도 없어."

제 가족 산소에 온 것처럼 찬희가 다정스레 봉분을 살폈다. 누가 보면 묘지기인 줄 알겠다, 이찬희.

"저희 매형 잘 지내니까 아무 걱정하지 마시고요. 거기서 마음 편히 계세요. 아기도 건강하고요."

"뱌."

"보세요. 매형 닮아서 너무 잘생겼지요? 이름은 현우예요. 권현우."

찬희가 내 부모님 산소 앞에서 자랑스럽게 현우를 들어 보였다. 아기 사자를 밀림에 소개하는 원숭이처럼, 폼이 딱 그랬다.

"매형이 매년 현우 데리고 와서 얼굴 보여드린대요. 현우 크는 거 어머니, 아버지가 같이 잘 봐주세요."

아니, 난 그런 계획은 없는데? 지금 무슨 소리냐고 쳐다보자 찬희가 뻔뻔하게 대답했다.

"이렇게 나들이 겸 성묘도 오고, 가족 행사도 하고. 겸사겸사 그러는 거죠. 애들 정서발달에도 좋아요, 매형. 이 주위에 쏘가리 매운탕 맛집도 많고요."

진짜 어이가 없어서. 거기까지 듣고 나희도 결국 웃음을 터뜨렸다. 느슨한 분위기 덕분에 걱정했던 것보다 마음이 가벼웠다. 기분이 나쁘지 않았다. 부모님의 묘소를 떠날 때는 나도 자연스레 입술이 열렸다.

"또 올게요."

어머니, 아버지.

햇볕은 따사롭고 선산 곳곳에는 작은 야생화가 보였다. 잠투정하던 현우는 나희의 품에서 금방 조용해졌다.

우리 애는 날 닮아서 이나희 껌딱지였다. 제 엄마한테서 떨어지면 죽는 줄 안다. 집에서는 나한테도 잘 안겨 있는데 밖에 나오면 절대적으로 엄마만 찾는다. 별수없이 나희가 아기를 안고 평화롭게 선산을 내려오던 그때였다.

갑자기 뒤에서 찬희가 다급하게 달려와선 나를 덮쳤다.

"현진이 형!"

날 끌어안고 쓰러진 찬희가 짧은 비명을 내질렀다. 대체 무슨 일인가 했는데……

"어머머, 저게 뭐야!"

말벌이었다. 무슨 벌이 저렇게 커. 드론 아냐? 거짓말을 조금 보태서 아기 주먹만한 말벌이 찬희 얼굴에 독침을 쏘고는 유유히 멀어졌다.

"뱌."

현우조차 놀라서 잠이 깨서는 말벌의 뒷모습에 눈을 못 뗐다.

"아, 아! 내 얼굴! 내 얼굴 어떡해! 아!"

말벌한테서 날 지키다가 장렬히 쓰러진 이찬희가 독침 맞은 뺨을 끌어안고 발에 차인 강아지처럼 깨갱거렸다. 나는 바닥을 구르는 찬희를 데리고 응급실에 가서 처치를 받게 했다. 얼굴이 탱탱 부어서 눈물까지 글썽이는 찬희가 짠하고, 고마웠다.

"이제 괜찮습니까?"

"예, 원래 성묘 갔다가 벌에 쏘이고 진드기 물려서 오시는 분들 많습니다. 다행히 병원에 일찍 오셨네요. 알레르기 반응도 크게 없고요."

"아, 선생님! 너무 따가운데요!"

"그건 며칠 갈 거예요. 액땜했다 생각하세요."

"아흑, 따가워요."

울먹이는 찬희를 가만 보고 있자니 여섯 살 그때가 떠올랐다.

"이찬희. 너 어쩌자고 말벌한테 그렇게 달려들었어."

"그럼 어떡합니까. 그 녀석이 형한테 독침을 쏘려고 엉덩이를 딱 들이미는데. 내 눈에 그게 막 보이는데!"

나 참. 이걸 고맙다고 해야 할지, 미련하다고 해야 할지.

"어흑…… 선생님, 무통 주사 없어요?"

말벌의 실물을 봤기 때문에 차마 엄살이라고 매도할 수 없었다. 옆의 병상에서 부목을 대고 있던 아주머니가 넌지시 말을 건넸다.

"어쩌다 얼굴에 벌침을 쏘이셨대."

"아니, 어머니. 그게요. 성묘하고 내려가는데 갑자기 말벌이 나타난 거예요. 얼마나 큰지 처음엔 개구리가 날아다니는 줄 알았다니까요."

"말벌이 크긴 크다."

"근데 그 말벌이 매형한테 막 달려드는 거예요. 이쪽이 저희 매형이거든요."

아까부터 우리 쪽을 흘끔거리던 아주머니가 이젠 대놓고 나를 고갯짓했다.

"연예인이여?"

"그 비슷해요. 무진장 잘생겼죠?"

비슷하긴 뭐가 비슷해. 넉살 좋은 이찬희는 생전 처음 보는 아주머니하고도 어머니, 어머니 하면서 잘도 얘길 나눴다. 큰 말소리에 여기저기서 시선이 모여들었다.

"그려. 키도 크고."

"아주 훤칠햐. 인물 났어."

"저희 매형이 키가 몇이냐면요. 대한민국 남성 평균이 173센티미터라고 하거든요? 근데 저희 매형은요. 173보다 무려 20센티가 큰……!"

벌침이 좀 덜 들어갔나? 주접 떠는 걸 보아하니 괜찮은 모양이다. 나는 민망해서 얼른 찬희를 데리고 병원을 나왔다.

나희는 늘 찬희를 두고 말이 많다, 입이 가볍다고 했다. 그동안 나는 그걸 못 느꼈는데 요즘 들어 절실히 실감했다. 표면적으론 모두에게 친절한 이찬희는 제 사람들 한정으로 굉장히 방정맞았다.

"아흐, 불쌍한 내 얼굴. 우리 수진이가 보면 난리나겠네. 이 얼굴이 우리집 제일 큰 자산이라고 했는데."

뒤늦게 처남댁한테 미안해졌다. 나 때문에 남편 얼굴이 저 지경이 됐으니 얼마나 속이 상할까.

"볼이 아직도 많이 부었다, 찬희야. 그러게 왜 그랬어. 다음부터는 그러지 마."

"제가 어떤 판단을 하고 움직인 게 아니고요, 발이 먼저 나간 거예요. 건방진 그 말벌 녀석이 궁둥이를 씰룩거리는 걸 보자마자 번개처럼 기냥! 이 두 다리가 가만있질 못하고 기냥!"

"그래. 마음은 정말 고맙다."

"에이, 고맙긴요. 가족끼리는 그런 말 하는 거 아니에요, 매형. 제 맘 아시죠? 저희 가족 맞죠?"

생각해줘서 진심으로 고맙다. 그래, 고맙긴 한데…… 찬희가 날 보는 눈이 너무 느끼했다. 애정이 좀 과하다고 해야 하나? 가끔은 부담스러운 것도 사실이다. 얘가 나를 너무 좋아하니까.

나 대신 벌에 쏘인 찬희는 퉁퉁 부은 얼굴로 개선장군처럼 집에 들어갔다.

"야, 이찬희. 진짜야? 너 진짜 말벌에 쏘였어?"

의외의 인물이 현관까지 달려나와 우릴 반겼다. 어머니의 김치를 얻어가려는 승냥이가 이미 찬희의 집을 점령하고 있었다.

"아, 저 인간 또 누가 불렀어. 우리 엄마 김치 담근 건 또 어떻게 알고…… 하여튼 귀신이 따로 없다니까."

"봐봐. 얼마나 쏘였나 보자. 어이쿠, 얼굴이 다 뭉개졌네. 이게 사람인지 꼴뚜기인지 구분이 안 된다."

양념이 묻은 손가락을 쪽쪽 빨면서 김창진이 찬희의 얼굴을 들여다보았다.

"그래. 잘했다, 잘했어. 우리 현진씨 얼굴 다쳐봐. 국보 훼손이다, 그거."

"맞아, 여보. 잘했어, 진짜 잘했어. 우리 아주버님은 어디 안 다치셨지?"

처남댁 수진씨까지 가세하자 찬희가 눈을 희번덕거렸다.

"여보, 지금 내 얼굴은 다쳐도 된다는 거야? 언제는 우리 집 가보라며!"

"인마. 제수씨 말씀은, 어? 따지자면, 굳이 따지자면 그렇다는 거지. 다이아가 긁히는 게 낫냐, 돌멩이가 긁히는 게 낫냐?"

"누가 형한테 물었어? 이 인간이 듣자 듣자 하니까 진짜."

"농담, 농담. 이 선생, 농담이야."

"아, 저리 가. 이 짭새야."

이찬희만큼이나 뻔뻔한 김창진이 날 보고 반갑게 다가왔다.

"이야, 현진씨. 우리 매부께선 어째 날이 갈수록 용안이 이렇게 번창하실까. 미모가 아주 권진의 앞날처럼 시원시원하시네."

"잘 지내셨어요."

아주 개그맨이 따로 없다. 웃겨서 표정 관리가 힘들 지경이었다. 김창진이 함께 있는 자리는 언제나 분위기가 지나치게 화기애애하다.

"매부 같은 소리하고 있네."

"야, 섭섭하게 왜 이래. 나도 이 집 아들이잖아."

어머니가 그를 굉장히 좋아하신다. 그건 살짝 부럽기도 했다. 나는 어머니께 여전히 손님 같은데, 김창진은 진짜 이 집 아들 같았다. 자연스럽게 나를 소파의 상석으로 안내한 그가 싱글벙글 말을 걸었다.

"요즘 권진 건설이 많이 올랐더라고요. 전자는 뭐, 저는 30만까지 봅니다. 우리 600만 개미군단이 권진 5형제와 늘 함께하는 거 아시죠?"

권진 5형제란 코스피에 상장된 권진 계열사 중 시장 주목도가 가장 높은 회사 다섯 군데를 의미한다. 어느 경제지에서 처음 그런 표현을 쓴 이후로 굳어졌다.

"아니, 형이 우량주도 사? 언제부터?"

"나희 결혼하자마자 의리로 5형제 풀매수 갈겼다. 나도 이제 권진 가족 아니겠니."

"형은 개잡주 전문 아니었어?"

"개잡주는 인마, 너는 교사가 돼서 말을 그딴 식으로 하냐? 미래 도약주. 어? 퍼텐셜주. 가치 창조주, 이 자식아."

"형수한테 들켰구나. 계좌 박살난 거."

한심하단 듯이 찬희가 혀를 차며 말했다.

"매형, 저 인간이 어떤 인간이냐면요. 권진 전자 같은 안전자산은 딱 1주만 사요. 그리고 엔젤 전자 같은 잡주를 천만 원씩 산다니까요."

"엔젤 전자?"

"매형은 아마 못 들어보셨을 거예요. 대선 출마했던 정진철 아시죠? 정진철의 사돈의 팔촌의 옆집 아저씨가 엔젤 전자 대표라네요."

듣자 하니 전형적인 대선 테마주였다. 유명 정치인의 대학 동문이라느니, 고향 동창이라느니 조직적으로 개미를 털어먹고 대선이 끝나면 휴지조각이 되어버리는 쓰레기 주식.

"주주들 천국 보낸다고 엔젤 전자래요."

“찬희야, 너도 엔젤 되고 싶니? 좀 닥쳐.”

“경찰이 민간인한테 욕해도 되는 거야?”

“이 선생, 흥분하지 말고. 얼음 좀 갖다줄게. 어우, 얼굴 너무 숭하다.”

찬희의 빵빵한 볼을 비웃은 김창진이 익숙하게 냉장고에서 얼음을 털어왔다.

“저 인간은 하여튼 여기가 아주 자기 집 안방이지.”

찬희는 그를 흉보면서도 나란히 앉아 두런두런 이야기를 나눴다.

“우리 이 선생은 복직하니까 어때? 또 1학년 맡았다며. 깜찍한 어린이들 다시 보니까 좋아?”

“그냥 뭐. 빈둥대고 있는 것보단 낫지. 나는 집에서 노는 체질은 영 아닌가봐.”

“야, 한량 노릇도 양반이나 하는 거야. 우리 같은 노비들은 나가서 일해야 마음이 편해요.”

“솔직히 맞는 말이긴 하거든? 근데 형이랑 같이 묶이니까 짜증난다.”

“왜엥. 같은 나랏밥 먹는 처지에.”

“아이씨. 콧소리 진짜. 살인 충동 드네?”

"너 인마, 형한테 살벌하다?"

"왜 앵앵거리냐고. 얼굴은 주먹 감자처럼 생긴 게."

"뭐? 야, 너 지금 뭐라 그랬어. 주먹 감자? 사람 얼굴을 주먹 감자? 너야말로 초등학교 선생이 외모 비하해도 되냐?"

"아, 미안. 진짜 미안. 나도 모르게 튀어나왔다. 계속 우리 매형만 보다가 갑자기 형을 보니까 적응이 안 돼서 그래."

"이 새끼 하여튼 입만 열면 매형 자랑이네. 현진씨가 너랑 결혼했냐? 나희랑 결혼했지."

"우리 누나 진짜 전생에 나라를 구했나봐. 키 크지, 잘생겼지, 매너 좋지. 같이 병원 가니까 매형보고 뭐라는지 알아?"

"뭐라는데. 권승주 사장님 닮았대?"

"연예인인 줄 알았대. 의사, 간호사, 환자 전부 다 우리 매형만 쳐다보는 거야. 나 진짜 우리 매형 이마랑 등짝에 써붙이고 싶더라. '이찬희 환자 가족, 이찬희 보호자' 이렇게."

"야, 네 얼굴이냐? 새끼 되게 자랑하네."

"우리 매형이랑 요 앞에 식당 가잖아? 이모님들이 반찬을 무슨 산더미처럼 쌓아서 준다니까."

"진짜 부럽다. 저런 얼굴로 살면 대체 어떤 기분일까?"

"그러게……"

찬희와 창진이 동시에 나를 돌아봤다. 빤히 쳐다보는 시선에 민망해서 뺨이 달아올랐다. 차마 더 앉아 있을 수가 없어서 나는 슬쩍 일어났다.

"찬희야. 얼음 더 갖다줄게."

"아유, 현진씨. 여기 가만히 앉아 계세요. 그런 건 제가 할게요. 물 갖고 와라, 밥 갖고 와라, 저한테 편하게 다 시키세요. 리모컨 드릴까요?"

"아닙니다. 괜찮습니다."

몇 번 사양하고 나서야 나는 부엌으로 갈 수 있었다. 주방에서 나희는 파김치를 나눠 담고 있었고, 어머니는 현우를 안고 표정 놀이중이었다.

"우리 강아지. 까꿍. 까꿍. 오늘 함미 집에 왔네, 함미 집. 함미 집에 왔어요오. 우리 강아지가 함미 보러 왔어요오."

"뱌."

어머니는 배냇짓하는 현우한테서 눈을 못 뗐다. 내가 주방에 들어온 줄도 모르는 눈치였다.

"너희 둘째는 언제 갖니?"

"에이, 엄마. 둘째는 무슨."

"더 늦기 전에 한 명 더 낳아. 응?"

어머니는 현우가 생기기 전에도 내게 자녀 계획을 물은 적이 일절 없었다. 그래서 전혀 몰랐는데, 나희에겐 압박을 가하는 듯했다. 아무래도 어른이니 이해해야 했다.

"정말 둘째 안 낳을 거야?"

"현진이가 생각 없나봐. 현우만 키우고 싶대."

"아이고…… 내 그럴 줄 알았다. 너 임신했을 때 권 서방이 얼마나 유난이었어. 자기도 두 번은 못하겠나보다. 까꿍. 현우야, 함미 보세요. 까꿍."

어머니가 아기에게 정신이 빼앗긴 사이, 나희가 슬그머니 김치냉장고 문을 열었다.

"엄마, 깍두기도 했어?"

"밑에 칸 봐봐. 그래서 너도 둘째 생각 없는 거야?"

"나도 더 낳고 싶지. 현우 얼마나 예뻐."

"우리 강아지 너무 예뻐. 너어무 예뻐요."

"그치. 다들 예뻐 죽겠대. 현우 데리고 백화점 가잖아? 키즈 모델 시키래."

"TV에 나오는 애들 다 봐도 우리 손주가 제일 잘생겼더라. 아이고, 예쁜 강아지. 애가 제 아빠 닮아서 얼마나 예쁘게 생겼는지 몰라."

"나도 현우 볼 때마다 둘째 생각난다니까."

"그럼 낳아야지! 자기가 애 낳니? 모자란 형편도 아니고, 너도 낳고 싶고. 근데 안 되긴 뭘 안 돼!"

"얘기해봤지. 근데 내 말 안 들어. 고집이 얼마나 센데."

어머니께서 놀란 듯 고개를 들었다.

"권 서방이 고집이 다 있어?"

"엄마. 말도 마. 황소야, 완전."

"그래?"

어머니는 유난히 나를 좋게 본다. 내가 내숭을 열심히 떨긴 하지만 그걸 차치하고도, 예전부터 그랬다. 어릴 때부터 어머니는 날 좋아했다.

"엄마가 현진이한테 살짝 얘기 좀 해봐. 둘째 손주 보고 싶다고, 응?"

"아유, 나희야. 그거는…… 너희 둘이 의논할 문제지. 내가 어떻게."

어머니가 퍽 곤란해 보여서 그쯤 엿듣고 헛기침을 했다. 나희가 내게 메롱, 하더니 깍두기를 옮겨 담기 시작했다.

"잘생긴 우리 사위 왔어? 현우가 크면 클수록 권 서방을 닮아가네."

"저 많이 닮았죠. 다들 그러더라고요."

"우리 사위 어릴 때 아주 그냥 왕자님이었잖아. 너어무 잘 생겨서 남자앤데도 얼마나 예뻤는지 몰라. 우리 아들 삼고 싶어서 혼났지."

역시 어머니는 나에겐 둘째 얘기를 하지 않는다. 편하게, 아들처럼, 가족처럼 해달라고 몇 번이나 말했는데도 불편한 얘기는 쏙 피한다. 나는 어머니께 여전히 귀한 손님이다.

"어릴 땐 여자애만큼 곱고 예뻤는데, 세상에 언제 이렇게 멋있는 어른이 돼서."

"어머니. 저 부끄러워요……"

장모님 앞에서 나는 세상에서 가장 착하고 다정한 사위를 표방한다. 이나희에게 나보다 더 좋은 남자는 없을 거라고, 어머니가 날 믿을 수 있게. 그런 나인데도 이씨 가족은 가끔 쑥스러울 정도로 나를 추켜세워준다.

"현우가 앞에서 보면 나희를 닮았는데, 옆에서 보면 우리 사위 판박이야. 이 콧날 봐. 아빠 닮아서 콧대가 아주 63빌딩이야, 우리 손주."

"빠아!"

"아이구, 아빠한테 갈 거예요? 현우가 제 아빠 왔다고 바로 알아보네."

우리 아기가 나한테 안기겠다고 버둥거렸다. 곧 울 기세라서 어머니는 얼른 현우를 내게 건네고 앞치마를 다시 걸쳤다.

"뭐 먹고 싶은 거 없어? 저녁 뭐 해줄까. 오랜만에 봤는데 우리 사위 먹고 싶은 거 해줘야지."

"만둣국이요. 저 어머니 만둣국 먹고 싶어요."

"또? 권 서방은 만둣국에 한이 맺혔나봐. 만둣국을 그렇게 좋아해."

냉동실에서 만두를 꺼낸 어머니가 주방 안쪽으로 사라졌다. 그사이 나희가 내 맞은편에 앉았다. 나는 어머니에게 안 들리도록 작게 속삭였다.

"나희랑 소개팅했던 놈은 어머니 식당에서 만둣국 먹고 갔다네요. 저는 못 얻어먹었는데."

"아, 언제 적 얘기야. 진짜."

인상을 찌푸린 아내가 내 등을 찰싹 때렸다. 거실에선 찬희와 창진의 웃음소리가 터져나왔다. 즐거운 저녁 시간이었다.

식사 자리는 화기애애했다. 지금 이야깃거리는, 창진의 처가 갑작스러운 야근으로 합류하지 못할 것 같다는 전화였다.

"무슨 회사에서 저녁도 안 먹이고 일을 시켜."

"어머니, 방송국이 원래 그래요. 아주 지독한 놈들 천지예요."

주로 대화를 이끌어가는 사람은 찬희와 나희, 창진이었다. 나는 조용히 저녁을 먹었다. 아니, 그러려는데…… 나희의 젓가락이 닿는 곳에 자꾸만 시선이 갔다.

"마약 청정국은 다 옛말이라니까. 뭔 미친 인간들이 그렇게 많은지, 어후."

"김 형사가 고생이 많아."

김창진이 깻잎을 펄럭거렸고, 나희가 잽싸게 아래 깻잎을 잡아줬다. 아니, 저게 뭐하는 짓이야. 김창진은 깻잎 한 장 자기 손으로 못 떼는 거야? 한두 번도 아니고 벌써 세번째였다. 내 눈에만 이상한가? 다들 관심이 없는 거야? 이 숭고한 밥상 위에서 지금 무슨 해괴한 일이 벌어지는지 아무도 모르는 눈치였다.

몇 번인가 계속되었을 때, 결국 나는 참지 못하고 나희의 허벅지를 꾹 눌렀다. 아내가 의아한 듯 나를 돌아봤다.

"응? 여보 왜?"

남의 깻잎을 네가 왜 참견해. 그 다정한 젓가락질은 나한테만 하라고. 입 밖으로 꺼내기에는 창피한 소리였다. 나도 체면이 있는데…… 차마.

"아, 나 알겠다."

나와 마주보고 앉은 찬희가 갑자기 빵 터져서 큭큭거렸다. 교사라 그런지 역시 관찰력이 좋았다.

"아까부터 누나가 창진이 형 깻잎을 잡아주더만? 나는 그냥 알아서 쳐드시라고 모른 척하고 있었거든."

"너는 인마, 봤으면 좀 잡아주지! 내가 도둑놈들 때려잡느라고 불철주야로 뛰어다니느라 손이 떨려서 그런 거 아냐."

"폰겜하느라 그런 거 아니고? 그놈의 초대 좀 작작 보내라, 진짜."

"나 이 선생한테 진짜 서운할라 그러네. 그리고 어머니, 저 깻잎도 좀 싸갈게요. 이거 대체 왜 이렇게 맛있어요? 깻잎에 마약 넣으신 거 아니죠? 이상하게 손이 계속 가네."

창진이 능청스럽게 애교를 떨자 식탁 위에선 또다시 한바탕 웃음이 터졌다. 나는 기가 막히고 코가 막혀서 말문마저 막혔다. 어이가 없다. 외간 남자의 깻잎을 내 아내가 잡아줬는데…… 이게 별일이 아니야? 내가 유난이야? 남의 일이라고 다들 아무렇지도 않은가보다.

"알았어, 현우 아빠. 이제 남의 깻잎 안 잡을게. 자기 깻잎만 잡아줄게."

나희에게 속내를 고스란히 들킨 나는 얼굴이 뜨거워서 물만 마셨다. 그러게 가만있는 깻잎을 왜 잡아줘. 옆에 앉은 남편은 열받아 죽으라고?

"이야, 저 집은 아직도 연애하네."

"그니까. 진짜 놀랍다, 놀라워."

창진과 찬희가 눈을 세모꼴로 뜨고는 나를 놀려댔다. 짓궂은 두 사람은 우리를 놀릴 때만 한 패였다.

"어머니, 그거 아세요? 저 둘이서 영화 보러 가면요, 현진씨가 열두 자리를 예매한대요. 왜 그런지 아세요?"

어머니는 차마 왜냐곤 묻지 못하고 창진을 흘긋거렸다. 내 눈치를 보면서도 궁금하신 모양이다.

"우리 누나 근처에 다른 남자 앉을까봐 매형이 앞뒤 양옆을 다 예매한대. 진짜 유난이지 않아? 아무리 재벌이라도 그건 좀."

"어머머."

어머니가 기가 막힌다는 듯이 날 쳐다봤다. 사실 전에는 영화관을 다 빌린 적도 있었다. 하지만 나희가 돈지랄하지 말라고 다그쳐서 더는 못한다.

"역시 내곡동 잉꼬부부답다."

"누가 지었는지 참, 별명이 찰떡이네."

"야, 이찬희. 김창진. 너희 조용히 하고 이제 밥 좀 먹지? 우리 남편 낯가려서 쑥스러워한단 말이야."

나희도 얼굴이 뜨거운지 연신 손부채질을 했다.

나 대신 말벌에 쏘인 공을 봐서 참는다, 이찬희.

—[여보 사랑해] 50,000원 - 입금 알림

나희는 다양한 이름으로 돈을 보내왔다. 제주도에서 긁은 차 수리비였다.

—[뽀뽀 쪽] 50,000원 - 입금 알림

—[여보 내꺼] 50,000원 - 입금 알림

매달 5만 원씩만 보내는 게 우리의 약속이었다. 그런데 갑자기 10만 원 입금이 떴길래, 뭔가 하고 봤더니 보낸 이름이 이랬다.

—[우리 오늘 홍콩 갈까] 100,000원 - 입금 알림

분기 임원 회의가 끝난 바로 뒤였다. 머리가 아팠다가 그걸 보고 곧장 빵 터졌다.

귀엽게 노네. 귀엽게 놀아, 이나희.

간신히 입가를 가리고 들썩이는 입꼬리를 단속했다. 안 쓰는 계좌를 알려줬길 다행이지, 누가 봤으면 민망할 뻔했네.

"본부장님, 식사 같이하실까요?"

평일 점심시간이라 함께 회의에 참여했던 임원이 가볍게 물었다.

"죄송합니다. 선약이 있어서요."

나는 혼자 엘리베이터를 타고 지하 주차장으로 내려갔다.

오늘은 나희가 먹고 싶다던 남산 돈가스를 먹으러 가기로 했다. 저녁엔 내가 시간이 안 되고, 마침 식당이 회사와 가까웠다.

점심을 먹고 나서는 수행 비서에게 차 키를 맡기고, 나희와 팔짱을 끼고 소화도 시킬 겸 남산에서 걸어내려왔다.

"오랜만에 먹으니까 진짜 맛있다."

맛있는 것도 많지, 이나희.

"경양식 돈가스가 가끔 생각날 때가 있어. 엄청 묽은 수프랑 케첩, 마요네즈 뿌린 양배추샐러드 같이 나오는 거 있잖아. 자기도 그래?"

"뭐 가끔."

붕어빵을 좋아했던 이나희 어린이는 다 커선 세상의 모든 음식을 사랑하는 박애주의자가 되었다. 가끔이지만 일정이 맞으면 오늘처럼 점심시간에 만나기도 했다. 우리 회사와 B여대가 가깝기도 하고, 나는 출장이 잦아 본사에 붙어 있는 날이 드물어서 점심시간이 자유로운 편이었다.

"우리 여보는 어떻게 이렇게 식탐이 없지? 제일 신기해. 주는 대로 그냥 먹는 사람."

"영양분 섭취만 하면 되는 거니까."

남산의 거목 사이로 이름 모를 새들이 포르르 날아올랐다. 작은 종이 딸랑딸랑 귓가에서 울리는 듯한 소리에 나는 느리게 눈을 감았다 떴다.

키 큰 나무들, 적당히 선선한 날씨, 칠이 벗겨진 아스팔트 도로까지. 세상이 온통 아름답다. 운명이 하사한 평온함이 내 영혼까지 스며들었다. 나희와 함께 걷는 이 푸른 계절의 길은 하느님과 부처님이 내 삶에 안배한 선물이었다.

"그런 사람들이 있대. 밥 대신 알약으로 영양 공급이 되는 세상이 왔으면 좋겠다고. 자기도 그래? 어떻게 그렇지?"

아내의 종알거림이 말소리인지, 지저귀는 새소리인지 분간이 가지 않는 지금 이 순간이 좋았다. 정말이지 사랑스러운 인생이다. 나희와 함께한 덕분에 내 삶은 끝없는 상승 곡선을 타고 있었다. 한 가지 단점이라면, 회사에 다시 들어가기 싫다는 거.

이대로 아내와 조금만 더 있고 싶다. 게을러지는 내 마음을 달래듯 마침 유명 프랜차이즈 카페가 눈에 들어왔다. 사람은 많은데 3층에는 빈자리가 제법 있어 보였다.

"커피?"

"응. 자기도 같이 마시고 들어가면 안 돼?"

"왜 안 돼. 시간 있어."

먼저 올라가서 앉아 있으라고 했다. 나는 나희가 좋아하는 크림 잔뜩 올라간 라떼와 케이크를 주문했다.

"네. 말씀하세요. 아뇨, 괜찮습니다."

그 틈에 걸려온 전화를 받느라 본의 아니게 1층에서 기다렸다가 커피를 받았다. 차분히 3층으로 올라가는데, 갑자기 나희의 목소리가 들려왔다.

"준호 오빠? 준호 오빠 맞아요?"

순간 계단을 오르던 다리가 저절로 멈췄다. 연이어 들려오는 나희의 들뜬 음성에 귀가 쫑긋 섰다.

"세상에, 오빠! 너무 오랜만이에요."

오빠……?

씨발, 오빠?

"정말 나희 맞구나! 와, 꼬맹이 진짜 오랜만이다. 너 나 알아보겠니?"

"오빠를 어떻게 몰라요. 대학생 때랑 똑같으신데요."

"똑같기는, 인마. 머리 다 끼졌는데. 나희 너야말로 어릴 때부터 얼마나 예뻤냐. 지금은 아가씨네, 아가씨."

"아가씨는요. 저 벌써 서른 넘었어요."

"꼬맹이가 벌써 그 나이가 됐어? 찬희는 잘 지내지?"

"찬희 지금 초등학교 선생님이에요. 교대 갔거든요."

"S대 안 갔어?"

"S교대 갔어요."

"너희 언제 이렇게 컸냐. 꼬맹이 시절에 너 커서 오빠랑 결혼하고 싶다고 조르고 그랬는데."

"진짜요. 어릴 때 생각난다. 오빠는 잘 지내셨어요?"

"오빠 여기 '진성 화재' 다녀. 부장이야."

오빠, 오빠. 그놈의 오빠는 무슨. 오빠 없이 대화가 안 되는 거야? 이나희가 저렇게 오빠 소리를 잘하는 줄 처음 알았다.

너 결혼했단 말은 대체 언제 할 건데. 좀 확인할 요량으로 나도 모르게 엿들었다.

"꼬맹이는 어째 그 얼굴이 그대로다."

"에이, 오빠야말로 예전이나 지금이나 그대로이신데요."

"하하, 너는 어릴 때도 그렇게 말을 예쁘게 하더니. '오빠, 저랑 결혼해요' 하면서 졸졸 쫓아다니던 게 엊그제 같은데. 꼬맹이 언제 이렇게 컸니?"

꼬맹이 같은 소리 하네. 들을수록 열이 뻗쳐서 커피 쟁반을 든 손이 부들부들 떨렸다.

이런 엿같은…… 커피는 괜히 처먹겠다고 들어와선. 하, 돈가스가 역류할 것 같다.

'준호 오빠'는 대학생 때 초등학생 어린이를 가르치는 교육 봉사를 하다가 나희와 찬희를 만났다고 한다. 따지자면 과외 같은 거였다.

어릴 때부터 엄마, 선생님 등 어른을 껌딱지처럼 잘 따랐던 이나희 어린이는 대단하신 대학생 과외 선생님 '준호 오빠'의 다정함과 뛰어난 수학 능력에 반했단다. 어이가 없어서 진짜. 나는 찬물을 벌컥벌컥 들이켰다. 빈 잔을 우리집 식탁에 쾅 내려놓았다.

"진짜 결혼하자고 졸랐냐?"

"어릴 때니까 그냥 멋모르고 그런 소리 한 거지. 별 뜻 없었어."

황당하네. 별 뜻이 없이? 별 뜻 없이 결혼하잔 소리가 대체 어떻게 나와. 결혼이 별 뜻 없이 할 수 있는 일이야? 나하고 별 뜻 없이 결혼했어? 아니, 그리고.

"우리 어릴 때는. 내가 결혼하자고 한 건 무시했잖아, 너."

"응? 여보가 나한테 언제 결혼하자고 했어?"

무슨 소리냐는 듯이 이나희가 눈을 동그랗게 떴다. 내 고백은 기억도 못하네. 120돈 금두꺼비의 비참한 추억은 나 혼자만의 것이었다. 이게 다행이야, 불행이야. 짜증나서 미치겠네. 들고 있던 어린이 주스 팩이 팍 구겨졌다.

"여보 왜 또 삐지고 그래, 귀엽게."

"……"

"알잖아. 나는 자기밖에 모르는 바보양."

성의라곤 쥐뿔도 없는 해명이다. 주스를 마시던 현우마저 어이가 없는지 제 엄마를 째려봤다.

"나 오늘 현우랑 둘이 잘 거야. 혼자 자든가 말든가 해."

비장하게 선포하고 아기방으로 갔다. 현우를 재우고 어두운 방안에서 하염없이 방문을 노려봤다. 우리 아기는 이미 범퍼 침대로 옮긴 지 오래인데, 자정이 되어서도 빌어먹을 저 방문이 열리지 않는다.

지금 뭐하자는 거야, 이나희. 나 데리러 안 와? 진짜 각방을 쓰자는 거지? 하, 각방은 누구 맘대로 각방이야. 누구 좋으라고. 열받아서 결국 내 발로 안방에 걸어 들어갔다. 옆에 조용히 눕자마자 버들가지 같은 팔이 나를 끌어안았다. 역시 잠든 척하고 있었네. 한번은 튕기기로 했다.

"하지 마."

"뭐얼."

"만지지 말라고."

"싫어. 내 거니까 만질 거야."

참 나. 이런 식으로 귀엽게 애교부리고 장난 걸면 내가 그냥 넘어갈 줄 알아?

'오빠'라는 그 호칭이 정말 짜증났다. 게다가 이나희가 어릴 때 결혼하고 싶었던 놈이 있었던 것도 열받고, 십몇 년이 지난 후 그 '오빠'를 이나희가 알아본 것도 짜증난다. 그것도 모자라 전화번호까지 줬다. 다시 생각해도 열받아서 이불을 확 걷고 일어났다.

"물어본다고 번호를 주냐?"

"그럼 어떻게 안 줘. 그 오빠가 어릴 때 나한테 엄청 잘해 줬단 말이야."

"오빠 소리 그만해라, 진짜."

내 눈이 아플 정도로 째려보는데도 이나희는 그저 실실 웃는다. 뭐가 우습단 거야. 내가 웃겨? 지금 장난치는 줄 알아?

"여보, 그거 때문에 삐졌어? 준호 오빠한테 오빠라고 해서?"

"그만하지? 듣기 싫다고."

"알았어. 이제 안 할게. 우리 자기는 오빠 소리 못 들어서 질투하는구나. 어떡해."

이나희는 아예 내 무릎에 엎어져서 킥킥거렸다. 남은 열받아 죽겠는데 대체 뭐가 그렇게 우스우신데요. 노려보는 나를 흘끔거리면서 계속 웃었다.

"아, 진짜. 너 이럴 때 너무 귀여워, 현진아. 네가 나보다 어리긴 어리구나."

나만 속이 터지는 건가. 마른세수를 쉴새없이 했다.

"번호 왜 주는데."

"보험 들어주려고 했어. 진짜야. 서류 들고 있는 거 보고 보험회사에서 일하는 거 알았지. 보험 얘기할 거 같더라고. 어차피 하나 들려고 했으니까 그냥 겸사겸사……"

이나희가 문자까지 보여주면서 확인시켜줬다. 어린이보험, 암보험을 하나씩 들어줬다고 했다. '고마워, 고마워'가 연타로 적힌 메시지 창을 보고 마음이 살짝 풀렸다.

나야 물론 이나희를 전적으로 믿는다. 하지만 연인 간에는 눈앞에 확실한 증거를 보여주는 행위가 필요한 순간이 있다. 그 행동 자체로 서로의 신뢰가 올라가니까. 나는 이미 오래 전에 핸드폰은 물론 계좌 비밀번호까지 모든 걸 스스로 오픈했다. 이제 이나희가 모르는 나의 비밀은 없다. 만들고 싶지도 않다.

“나랑 찬희 어릴 때 간식 많이 사줬거든. 착하고 좋은 사람이야.”

“먹을 거 줬다고 다 착한 사람이냐?”

“대체로 그렇지 않아?”

이나희가 고개를 옆으로 하고 눈을 깜빡거렸다. 아주 틈만 나면 애교에 이쁜 짓이다. 이러면 내가 그냥 넘어갈 줄 알고.

“……오늘 나랑 진짜 따로 자려고 했어? 나랑 현우랑 둘이 재우려고 했냐고.”

“여보.”

“왜. 뭐.”

아내가 슬그머니 내 손을 이불 아래로 끌고 갔다. 말캉한 허벅지 근처, 말려 올라간 원피스 잠옷이 손에 잡혔다.

“나 속옷 왜 안 입었게.”

눈을 예쁘게 접어가면서 나희가 속삭였다. 순간 멍해진 나는 바보처럼 입을 벌렸다. 아내가 적극적으로 나에게 달려드는 경우는 사실상 드물었다.

"현진아. 누나가 오래 기다렸잖아. 빨리 와야지, 응? 요즘 현우가 새벽에 잘 안 깨더라."

"……진짜?"

믿기지 않아서 되물었다. 최근에 자주 들이댔다가 몇 번 거절당했다. 그날이라서, 피곤해서, 다음날 아침 일찍 일정이 있어서. 미안하기도 하고, 거절에 위축되어서 더는 요구하지 못했다. 내가 뭐 그거에 미친놈도 아니고, 못해서 환장한 놈도 아니니까. 나도 출장이 잦았고, 나희도 최근에 복직했다. 학교에 적응만 하면 다시 분위기를 잡아보려고 했다.

그런데 이렇게 먼저 안겨주시면 나야 감사하죠. 결혼하고서는 거의 처음 아닌가? 아내의 대사에 심장이 쇠망치로 두들겨진 듯 온몸이 달아올랐다.

"나희야. '오빠' 해봐."

이나희가 날 정말 한심한 표정으로 쳐다보고 있었다. 찔렸지만 뻔뻔하게 나가기로 했다.

"죽은 사람 소원도 들어준다는데, 남편 소원 하나 못 들어주냐?"

"그게 소원이야? 그깟 게?"

"어. 해줘. '오빠, 사랑해' 빨리 해봐."

"싫어. 민망해."

"나한텐 '누나' 해보라고 잘만 시키면서 자긴 민망해서 싫대. 아주 내로남불이 따로 없네."

"내가 누나가 맞긴 하잖아. 네가 나보다 어린 것도 맞고."

얼굴이 빨개진 이나희가 고개를 옆으로 돌렸다. 부끄러워하는 모습을 보자 웃음이 삐져나왔다. 귀여워. 이나희 정말 귀여워. 진짜 귀여워. 나도 여보, 자기 같은 호칭은 낯부끄러워서 평소엔 안 한다. 문자로나 보내지. 하지만 그렇게 불러주면 이나희가 좋아하기 때문에 가끔 침대에서만 속삭인다.

"누나한테 몸 바쳐서 좋다. 좋아서 아주 미치겠다."

"너 그렇게 말할 때마다 누가 들을까봐 무서워."

무섭긴 뭐가 무서워. 우리 아기 앞에선 나 이렇게 말 안 하잖아. 아니, 어느 누구 앞에서도 안 그러잖아. 내가 언제 다른 사람한테 말장난하는 거 봤어? 네 앞에서나 이러고 놀지 내가 어디 가서 그래.

나한테 여자는 정말 이나희밖에 없다. 세상에 이런 여자 또 없다. 착하고, 웃기고, 귀엽고, 섹시하고, 깜찍하고. 이런 아내가 세상에 이나희 말고 또 있을까 싶다. 바보 같은 웃음이 막 실실 터졌다.

사랑을 나눈 뒤에 아내가 잔기침을 했다. 빨리 물을 갖다 주려고 뒤처리하는데 나희가 비척대면서 일어났다.

"여보, 지금 뭐해?"

내가 뭔가 묶어서 버리는 걸 보고 대번에 안색을 굳혔다.

"피임…… 했었어?"

이나희가 배신이라도 당한 얼굴로 날 쳐다봤다.

"다신 못하겠다며. 둘째는 꿈도 꾸지 말라고 했던 거 너야."

"그때는, 막 애기 낳고 힘들었으니까."

"두 번은 절대 못한다고 울고불고. 기억 안 나?"

가진통부터 요란했던 우리 아기 권현우. 무려 스무 시간 넘게 제 엄마를 고생시키고 세상에 나왔다. 그날을 생각하면 내 자식이지만 꿀밤 한 대 때려주고 싶다.

"그거 뭐 얼마나 됐다고 잊어. 됐어."

둘째는 말도 안 되는 소리다. 나는 생각도 해본 적 없었다. 가뜩이나 출장이 잦아서 현우를 자주 못 보는 것도 미안해 죽겠는데 무슨 둘째야. 대강 뒷정리하고 홈웨어를 입고 왔는데, 나희가 흐느적거리면서 날 끌어안았다. 뭔가 꿍꿍이가 있는 얼굴이었다.

"자기야, 우리 현우 안 이뻐?"

어디서 눈을 이렇게 깜찍하게 떠. 우리 현우가 제 엄마 닮아서 예쁘단 걸 이나희도 다 안다. 나는 최대한 냉담하게 눈을 피하고 돌아누웠다.

"아기는 당연히 예쁘지. 근데 그거랑 다른 문제잖아."

끈적하게 내 등에 달라붙은 이나희가 뒤에서 속살거렸다.

"여보 있잖아, 나는 우리 현우 볼 때마다 그런 생각이 든다?"

"안 궁금하고요."

"아들도 이렇게 예쁜데 우리 딸은 얼마나 예쁠까? 외동으로 잘 키웠는데 나중에 외로우면 어떡해. '엄마, 아빠, 사실은 저도 동생 갖고 싶었어요' 이러면."

"너도 있고 나도 있는데 외롭긴 뭐가 외로워?"

"둘째 있으면 애들끼리 잘 논대. 보고 있으면 너무 귀엽대. 흐뭇하고."

상상하지 말자. 상상하지 말자.

"다들 그러더라. 낳을 거면 빨리 낳으라고……"

"싫어."

"여보, 자기야. 잘생긴 오빠. 응?"

"나쁜 손 치우지?"

은근슬쩍 나를 더듬는 손을 꽉 잡았다. 그러자 푸시시 힘 빠진 목소리로 날 비웃는다. 손이 붙잡히니까 내 등에 대고 얼굴을 비비적거린다. 애교는 진짜. 절대 웃지 말아야지 마음먹었는데 벌써 피식 웃고 말았다.

"안 생길 수도 있잖아. 우리가 노력해도 안 생길 수도 있어. 그냥 피임만 하지 말자고."

"싫어."

"권현진. 네가 낳는 거 아니잖아."

머리카락이 쭈뼛 선다. 갑자기 성 붙여서 이름 부르는 건 반칙 아닌가? 여태 여보, 자기, 오빠 하다가.

"내가 낳는 게 아니니까 그러지……"

내가 낳았으면 이미 아기 축구단을 꾸리고도 남았다. 축구단이 다 뭐야. 지금쯤 우리 애들로 집성촌을 이뤘을 거다. 열여덟 살 때 이미 둘셋 질펀하게 낳아서 이나희 발목 잡았겠지. 정말 그러지 못한 게 천추의 한이다.

"됐어. 나 상담했어. 곧 수술받을 거야."

"무슨 수술?"

"지지려고."

"뭐?"

정관 수술을 당장 받으려고 했다. 그런데 수술 후에는 일주일 동안 장거리 비행이 금지란다. 출장이 줄줄이 잡혀 있어서 날짜를 아직 못 잡았다.

이나희가 이불을 확 들추고 일어나 앉았다. 이놈의 어깨가 멋대로 움찔하고 난리다.

"왜, 뭐…… 왜 째려보는데."

"어떻게 나한테 상의도 없이 병원에 먼저 가?"

"병원 안 갔어. 전화로 상담했어……"

저절로 목소리에 힘이 빠졌다. 나는 이나희가 화내는 게 제일 무섭다. 이제는 안 그럴 때도 됐는데 말이지.

"권현진."

"네."

"내가 지금 장난치자고 했어?"

"아니요."

저런 눈으로 날 쳐다보면 심장이 막 덜컹거린다. 나는 아직도 너한테 미움받는 게 제일 무서워, 이나희.

"유부남들 원래 수술 많이 한대. 이름만 수술이지 레이저로 몇 초 잠깐이고 별것도 아니래, 나희야."

"어이가 없어서 진짜."

"뭐가 어이없어. 가족 계획 세우는 건데. 다들 하는 거라는데."

의사한테 칭찬도 받았다. 아내와 상의가 된 거냐는 물음에는 당연히 그렇다고 대답했다. 나는 아내가 둘째 생각을 진지하게 하는 줄 몰랐다. 어머니가 하도 압박하셔서 그냥 말로만 대꾸하는 줄 알았지.

"너 혼자만 세우는 게 가족 계획이야?"

"나희야, 우리 원래 복덩이 하나만 갖기로 했잖아. 현우도 동생 필요 없대. 지금처럼 외동으로 혼자 건실하게 크고 싶대."

"우리 현우 이제 겨우 돌 지났거든? 아직 그렇게 유창하게 말 못하거든?"

"나랑 마음으로 대화했어. 남자끼리는 텔레파시로 말

통해."

우리 아기를 팔아먹어서 미안하지만 현우도 분명히 그렇게 얘기했을 거다. '엄마 고생하는 거, 저도 싫어요' 하고.

"잘났어, 정말."

나를 노려보던 이나희가 휙 돌려누웠다. 매정한 그 뒤통수를 보는데 가슴이 철렁 내려앉았다.

"나희야. 여보. 자기야. 예쁜아. 세상에서 제일 예쁜 이나희씨. 우리나라 최고 미인 이나희씨. 대답 좀 해주시죠. 네?"

뒤에서 슬쩍 안고 애교를 부려봤지만 소용없었다. 그렇다고 내가 둘째를 갖자고 덥석 미끼를 물 수도 없는 노릇이었다.

"우리 마주보고 자자, 어? 나희야. 자기야. 나 자기 안고 자고 싶어요. 나 좀 봐봐, 여보."

"……"

"아, 누나…… 다음부턴 다 상의하고 할게. 어? 한번만 봐주라, 좀."

힘으로 몸을 돌리려고 하자 내 손을 탁 쳐냈다. 순간 서운함이 태풍처럼 몰려왔다.

"진짜 이러기냐?"

대답이 없어서 몸을 일으켜 들여다보니 그새 잠들어 있었다. 살짝 벌어진 입술 사이에서 쌕쌕 숨소리가 들렸다.

잠깐, 이대로 화해 못하고 자면 안 되는데. 계속 삐져 있으면 어쩌지. 내일 쿠웨이트 가는데. 또 며칠을 못 볼 거 아냐? 이러면 나만 손해인데.

적당히 싸울 걸 그랬다. 피곤해서 그런지 도통 깰 기미가 없었다. 나는 찝찝한 마음으로 잠든 아내를 도둑처럼 끌어안고 잠을 청했다.

"현우야, 아빠 출근하신대."

"빠아!"

혹시나 하던 게 역시나였다. 아침부터 이나희는 뚱했다. 현우를 안고 아기 손을 흔들면서 배웅해주는데, 목소리에 영혼이 실려 있지 않았다. 나랑은 눈도 안 마주치고 아기만 보고 있으니 당연했다.

"아빠 잘 다녀오세요, 해야지. 현우야. 아빠, 잘 다녀오세요오."

"나 좀 쳐다보지?"

"현우야, 아빠 빠빠이 하자. 빠빠이."

평소 같으면 뽀뽀도 찐하게 해주었을 텐데…… 진짜 치사하네, 이나희. 결국 이번에도 내가 자존심을 죽였다. 현관 앞에서 입술을 쭉 내밀었다. 청소하시는 분이 못 볼 걸 봤다는 듯 급히 눈을 돌렸지만 나는 뻔뻔해지기로 했다.

"뽀뽀."

빨리 입술 줘. 내민 입술을 뻐끔거리다 얼른 눈을 감았다.

"이나희가 뽀뽀를 해줘야 내가 출근을 할 거 아냐."

"현우야, 아빠가 뽀뽀해달래."

"현우 말고 나희 입술 달라고."

"아빠 뽀뽀 하자. 아빠 뽀뽀."

"아니, 읍. 현, 현우도 좋은데, 읍. 아니, 현우 말고 나희, 읍. 읍."

"바. 압바. 빠아! 빠!"

강제로 나와 몇 차례 입술 도장을 찍은 우리 아기가 내 얼굴을 팡팡 내리쳤다. 이 뽀뽀는 제 의지가 아니었다고, 엄마가 시킨 거라고. 다분히 항의 섞인 손짓이다. 그래. 아빠도 알아, 현우야. 네가 무슨 힘이 있겠니.

이쯤 되니 나도 열받는다. 그깟 뽀뽀 한번을 못해줘? 아무리 지난밤에 싸웠어도 그렇지. 먼저 손을 내민 남편한테 어떻게 입술 한번을 안 주냐?

"아빠, 잘 다녀오세요오."

째려보는 내 시선을 가볍게 무시하고, 현우 손을 흔들어준 나희가 휙 몸을 돌려서 주방으로 들어가버렸다.

"현우 이제 이유식 먹자. 맘마. 엄마랑 맘마 먹어요, 맘마."

슬픈 예감이 들었다. 냉전이 오래갈 것 같다.

제2장

인생은 아름다워

출장 가 있는 동안에 현우 핑계로 이것저것 말을 걸었다. 이나희는 현우 관련해선 성실하게 대답했다.

—현우 요구르트랑 고구마 먹었어

—우리 나희는 뭐 먹었어?

내가 슬쩍 본론을 물으면 그건 씹고 아기 영상만 보내줬다. 현우가 이유식을 먹고, 서툴게 걷고, '아바, 압바, 빠빠빠!' 옹알이하는 영상이었다.

아니, 애는 많이 봤다고.

—우리 아기 너무 귀여워. 근데 우리 나희도 보고 싶다

—여보 지금 뭐하세요~ 나는 자기 생각♥

—이나희 보고 싶다

—셀카 한 장만

—얼굴 좀 보여주지?

몇 번이나 요청했는데도 현우 얘기 외엔 없었다. 아기와 영상 통화를 시켜주면서도 이나희는 현우 아바타 노릇만 했다.

—현우야, 카메라. 카메라 봐봐. 아빠 여기 있네? 응, 아빠 보고 싶어요오.

— 빠! 빠빠!

나는 우리 아기만 가득한 화면을 쳐다보면서 열심히 딸랑거렸다.

"현우야, 뭐라고? 엄마 예쁘다고? 아빠도 알아. 아빠도 엄마 보고 싶어. 이제 현우 말고 엄마 얼굴 좀 보여주세요오."

—아빠, 사랑해요오. 한국에 조심히 오세요오. 이제 끊을게요오. 쪽쪽쪽쪽.

현우의 통통한 입술이 화면을 가득 메웠다. 통화를 끊으려

나보다. 나는 다급하게 카메라를 향해서 외쳤다.

"현우야! 아빠도! 아빠도 현우 사랑해요! 우리 현우 뽀뽀! 쪽쪽쪽! 우리 나희도 뽀뽀! 쪽쪽쪽쪽…… 씨발, 끊었네."

이나희는 치사하게 본인 얼굴은 단 한 번도 비춰주지 않았다. 그래놓고는 미안했는지 마지막 날에서야 먼저 문자를 보내왔다.

—ㅊㅋㅊㅋ!

밑에는 뉴스 기사 링크가 있었다. 권진 건설이 마침내 건설사 브랜드 평판 5위 안에 들었다는 내용이었다.

1위도 아니고 겨우 5위에 기뻐야 하나. 슬프게도 몇 년 전까진 아웃 오브 리그였다. 공동 주택 사업 위주인 국내 건설 시장에서 권진 건설의 브랜드 선호도가 떨어지는 건 사실 당연한 일이었다. 매출도 해외법인이 가장 크고, 플랜트와 가스공사 등의 대규모 해외 수급만 맡아왔으니까. 어차피 시공 실적으로 성과를 증명하고 있으므로 국내 평가는 크게 신경 쓰지 않았다.

그런데 이번에 굳이 기사를 낸 데는 다 이유가 있었다. 한

류에 힘입어 해외 투자자들이 한국을 주목했다. 싱가포르 예정이었던 초대형 복합 엔터테인먼트 리조트 사업이 한국으로 넘어왔다. 리조트 건을 두고 1, 2위를 다투는 국내 건설사와 우리가 경쟁이 붙었다. 관련해서 벌써 기사가 많이 올라왔다. 나는 이륙을 기다리며 뉴스판을 훑었다.

"초장부터 신경전 대단하네요. 실장님은 어떻게 생각하십니까."

"물론 저쪽이 쟁쟁하기는 합니다만 저희도 밀리진 않는다고 봅니다."

한 메이저 언론에서는 '다윗과 골리앗의 치열한 살바싸움'이라고 논평을 실었다. 듣는 다윗 열받게.

"저희 해외 캐파를 생각하면 다윗과 골리앗은 정말 아닙니다, 전무님. 저요, 진심입니다. 이건 진짜 아니죠. 너무 편파적이에요. 이래서 요즘 사람들이 《자산 일보》를 안 보는 겁니다! 아…… 죄송합니다, 전무님. 순간적으로 감정이 올라와서……"

《자산 일보》는 숙모의 친정으로, 권승주의 외갓집이다. 거대한 위상과 권력을 가진 언론으로 우리나라에서 둘째가라면 서러운 곳이다.

"비호감 언론사인 건 사실이죠."

숙모가 아직도 나한테 맺힌 게 있으신가. 아주 틈만 나면 사람을 엿 먹이려고 난리네.

"차주 내로 기획안 디벨롭 해주세요. 이번에 물먹으면 저 발 뻗고 못 잡니다. 문체부 컨택 가능합니까?"

"정책과에 라인이 있다고 들은 것 같습니다. 스마트 시티 관련해서 시정조치 이슈가 난 게 그쪽 통해서 홀딩됐다고……"

"서울 도착하면 바로 미팅 잡죠."

"넵."

비행기에서 내내 서류를 봐야 했다. 머리가 지끈지끈해서 서류 옆에 태블릿을 세워두고 우리 아기 영상을 틀어놨다. 현우가 제일 좋아하는 전동차를 타고 까르르 웃는 영상이었다. 이어서 퍼즐 맞추는 영상이 나왔다. 진짜 귀여워. 내 아들이지만 진짜 이뻐. 제 엄마를 닮았으니 예쁘고 귀여운 건 뭐 당연한 건가 싶다.

"음료나 간단한 디저트 어떤 걸로 드릴까요?"

"얼음물 한 잔 부탁합니다."

"네, 준비해드리겠습니다."

돌아서던 승무원이 은근히 태블릿을 흘끔거렸다. '우리 아기 진짜 예쁘죠?' 그렇게 물으려다 참았다. 보는 눈이 뭐 다르겠나. 내 눈에도 예뻐 죽겠는데, 남의 눈에도 당연히 우리 아기가 예쁘겠지.

"어우, 전무님. 저 눈 좀 붙여도 될까요? 마지막 날까지 시차 적응 실패네요."

"네. 쉬세요, 편하게."

"실례지만 그럼 먼저 좀 눕겠습니다."

출장에 동행한 김 실장이 안대를 쓰려다 말고 내 쪽을 응시했다.

"정말 흐뭇하시겠습니다. 애들은 그때가 제일 예뻐요. 본격적으로 말하기 시작하면 골 아프다니까요."

"너무 귀엽죠?"

나도 모르게 몸을 기울이고 태블릿을 보여주고 있었다.

"저희 아기가 퍼즐 맞추는 거 보세요. 현우가 벌써 다 알아요. 이렇게 조그만데. 이렇게 작은 아기가 어떻게 퍼즐을. 이 손가락 보세요. 애가 손이 정말 요만하거든요? 정말 작아요, 그런데……"

주접스러운 짓은 나도 안 하고 싶다. 근데 자꾸만 우리 아기를 여기저기 보여주게 된다. 사람들이 SNS를 대체 왜 하는지 이제야 알겠다. 어디든 보여주고 싶고, 자랑하고 싶어서 손이 막 근질근질했다.

사실은 나도 SNS 앱을 설치했다. 회원가입을 한번 해볼까, 마음이 술렁이다가도 SNS로 전 국민에게 개망신을 떨친 셋째 작은아버지와 권은서를 떠올리고 결국 마음을 접었는데 끝내 아쉬움이 남는다. 이 귀염둥이를 어떻게 우리 가족만 보냐고. 세상에서 제일 귀여운 아기를. 못 보는 당신들이 손해다.

이번 출장이 유독 길기는 했는지 한국에 돌아오니 나희는 삐쳤던 게 완전히 풀려 있었다. 아무렇지 않은 척하길래 나도 일부러 둘째 얘기는 다시 안 꺼냈다.

—점심에 나랑 대구 스테이크 먹으러 가실 분~

포크와 나이프를 들고 춤추는 핑크 돼지. 나희의 메시지 뒤에 따라온 이모티콘 때문에 피식 웃었다. 닮지도 않았는데 저딴 걸 써. 전화를 걸자 나희가 곧바로 받았다.

"오늘 점심 안 돼. 저녁 같이 먹자. 저녁식사 약속 취소돼서 일찍 들어갈 거야."

—어떡하지? 엄마 집에서 저녁 먹기로 했는데. 현우 데리러 가려고.

"나도 끼면 안 되나?"

—안 되긴. 자기 불편할까봐 그러지.

"내가 왜 불편해. 우리 어머니 뵙는 건데."

—너무 자주 만나는 거 아닌가 해서…… 아무튼 알겠어.

"학교로 데리러 가?"

—아니, 차 갖고 왔어용. 이따가 엄마 집에서 봐, 여보.

나희는 어머니와 저녁 약속이 되어 있었나보다. 출장에서 돌아온 이후에도 내가 계속 귀가가 늦었다. 그래서 아무 말 없었던 건가 싶은데…… 그래도 저녁 약속을 잡았으면 나한테 먼저 언질을 줘야지. 그게 어머니라고 해도 말이다. 당연한 거 아냐, 이나희? 우리가 뭔데. 부부 아니냐고. 일심동체. 몸과 마음이 하난데, 나 없이 저녁에 어디서 뭐하려고.

아무리 봐도 연애 시절부터 내가 버릇을 잘못 들였다. 나는 장소가 바뀔 때마다 재깍재깍, 그것도 우리 VIP께서 지루

하실까봐 중간중간 사진까지 곁들여 가며 성의껏 보고를 올리는데. 그런데 대단하신 이나희는 지가 꼴릴 때만 나한테 일정을 말해준다. 답답해 미칠 것 같아도 참았더니 결혼해서도 저 모양이다.

"오늘 일찍 퇴근합니다."

"네, 전무님."

강의가 끝날 시간에 맞춰 나는 회사를 나왔다. 무작정 이나희 학교로 찾아갔다. 복직해서 B여대로 돌아간 나희는 그곳에서 마지막 학기를 보내는 중이었다. 건물 뒤편, 조용한 교직원 주차장에 익숙한 차가 보였다. 빨간색 무당벌레.

"응, 응응. 너 한국 오면 당연히 봐야지. 들어오기나 해. 아아, 우리 아기? 봤어?"

짐을 이고 지고. 그러면서도 싱글벙글인 나희가 통화를 하며 종합 강의동에서 걸어나오다 날 발견하곤 활짝 웃었다.

"……어, 재인아. 잠깐 끊어봐. 우리 남편 왔다. 내가 다시 전화할게!"

나한테 반갑게 손을 흔들더니 급히 달려와서 폴썩 안겼다.

"현진아!"

그러곤 '보고 싶었어, 보고 싶었어! 보고 싶어서 죽는 줄 알았어!' 하는 그 중얼거림에 여태 굳어 있던 어깨가 스르르 풀렸다.

누가 보면 이산가족 상봉하는 줄 알겠네. 아침에도 봤는데 새삼스럽게 무슨. 여자들은 이런 걸 좋아하네. 서프라이즈, 그런 느낌인가? 앞으론 가끔 말없이 학교에 아내를 데리러 와야겠단 다짐을 한다.

"어떻게 여기까지 왔엉. 우리 여보도 나 보고 싶었쪄?"

"풋."

나도 이나희도 아기를 키우느라 혀 짧은 발음이 입에 붙었다. 불시에 아기 대하는 그 말투가 나와서 웃겼다.

"자기 차는?"

"보냈지."

그럼 뭐, 부부가 따로따로 가? 당연한 소릴 하고 있어.

"자기한텐 너무 좁다. 불편해서 어떡해. 그냥 내가 운전할까?"

"내가 할게."

이 차는 이나희한테나 맞는 사이즈다. 운전석을 조정해서 앉았는데도 좁았다.

핸들을 잡고 부드럽게 강변북로에 들어섰을 무렵이었다.

학교 일을 조잘대던 나희가 핸드폰을 귀에 대고 말했다.

"여보, 나 잠깐 통화 좀 할게. 이 친구가 곧 한국 들어온다고 해서."

"누군데?"

"재인이라고 있어."

호주에서 함께 대학교를 다녔던 한국인 동기라고 했다. 핸드폰 너머에서 들려오는 목소리가 좁은 차내를 울렸다.

—나희야, 지금은 통화 편해?

"응, 남편이 갑자기 학교로 데리러 와서."

—세상에, 너 진짜 결혼했구나! 프사에 아기 사진만 덩그러니 있어서 조카인 줄 알았어. 남동생 있다고 했잖아.

"조카 아냐. 우리 아기야."

권영무 갑질과 권은서 대마초 사건이 한때 사회적 이슈였다. 여론은 한동안 권진가 인물에 주목했고, 집안사람들 모두 SNS를 조심하는 편이었다. 나도 언론에는 얼굴이 안 나온 사진을 선별해서 유출하지만, 나보다 더 내 초상권을 신경쓰는 사람이 있다면 바로 내 아내다.

나희의 메신저와 SNS에는 내 사진이 한 장도 없다. 날 위해서란 걸 알지만 가끔은 서운했다. 바로 지금처럼.

—어머머, 난 네가 언제 결혼했는지도 몰랐어!

우리의 웨딩 사진은 수백 장이 넘는다. 그중에는 내 실루엣만 나온 것도 있고, 본식 사진도 전신 샷은 내 얼굴이 잘 보이지 않는다. 그런데 뭘 그렇게 숨겨. 우리 결혼사진 정도는 SNS 프로필에 올려도 된다고 분명 말했는데. 철저해도 너무 철저하신 이나희. 그런 부분이 가끔 내 신경을 긁었다.

—아기 너무 예쁘더라. 지금 몇 개월이야?

"이제 막 돌 지났어."

—아니, 너 결혼을 대체 언제 한 거야. 어떻게 연락 한번 안 하니?

"미안. 애 키우느라 진짜 정신이 없었어. 바로 복직했거든. 학교 들어가니까 시간이 어떻게 가는지도 모르겠어."

—남편은 뭐하는 사람인데? 혹시 그때 그 화가야?

"응?"

순간 이나희가 내 눈치를 봤다. 갑자기 핸드폰을 오른손으로 바꿔 들고는 아예 반대쪽으로 몸을 돌려서 날 등졌다. 뭐야, 화가는 또 누군데. 갑자기 심장이 쿵쿵 뛰었다.

—데이비드였던가. 맞지?

"아냐, 화가는 무슨 화가. 우리 남편 회사원이야."

핸들을 잡은 손에 바짝 힘이 들어갔다. 저절로 귀가 쫑긋 섰다.

—그래? 너 좋다고 쫓아다니던 남자 많았잖아. 진짜 옛날 생각난다. 그 왜, 맨날 너 따라서 도서관 오던 일본 남자. 이름이 나카무라 뭐였더라? 너도 그 남자 귀엽다고 그랬는데……

"안녕하세요."

참지 못하고 운전중에 끼어들었다. 놀란 이나희 시선을 모른 척하고 나는 뻔뻔히 목소리를 키웠다.

"권현진입니다. 제가 나희 남편이에요."

"재인아, 내가 나중에 다시 전화할게."

"저희 재작년에 결혼했어요. 언제 한번 나희하고 같이 뵙죠."

나희가 급하게 통화를 종료했다. 대답도 듣지 않고 끊어버리는 게 어지간히 마음이 급했구나 싶다. 이나희 눈알 굴러가는 소리가 여기까지 들린다.

"너무 오랜만에 연락이 닿아서…… 편한 친구라 서로 근황을 묻는다는 게."

"야."

이나희, 너 진짜.

"남자 이름이 대체 몇 명이 나와."

열받네. 나카무라인지 다카무라인지 그 새끼가 제일 열받는다. 귀여워? 도서관까지 쫓아오는 스토커 새끼가 귀엽긴. 도서관에서 공부나 할 것이지 왜 사람을 따라다니고 난리야. 이나희는 또 그걸 귀여워했다고?

어이가 없다. 나도 재랑 같은 대학에 다녔어야 했는데. 여대라도 들어갈걸.

"외국에서도 인기 많았네. 다국적으로 졸졸 쫓아다녀서 아주 좋으셨겠어요. 신나셨겠어요."

"그냥, 그냥 일방적으로 그랬던 거지. 뭐 아무것도 없었어. 그땐 영어도 잘 못해서 소통도 거의 안됐고……"

"말 통했으면 만났겠다?"

"당연히 절대 안 만나지."

데이트하자던 남자만 몇 명 있었다, 일방적이었다, 이름도 얼굴도 기억 안 난다. 도착할 때까지 이나희는 변명에 변명을 거듭했다. 날 달래려고 열심이었지만 머리 꼭대기까지 급상승한 심장박동이 쉽게 가라앉지 않았다.

한국에 안 들어왔으면 양키 새끼랑 살림 차렸겠네. 일본 놈이랑 스시 처먹으러 먹방을 찍고 다녔겠어. 생각만 해도 치받아서 속이 부글부글 끓었다.

아파트 엘리베이터를 타고 올라가는 우리 사이엔 오가는 말이 한마디도 없었다. 15층, 16층, 17층…… 침묵 속에서 올라가는 숫자만 노려보다가 별안간 이나희를 돌아봤다.

"화가 만났냐?"

"응?"

움찔한 이나희가 얼른 놀란 표정을 지우고 내 팔짱을 꼈다. 퍽 다정한 몸짓이다, 아주 퍽이나.

"아냐. 아무도 안 만났다니까."

"뭐 얼마나. 얼마나 만났는데."

"진짜 안 만났어."

"말해봐, 솔직하게."

"권현진. 내가 아무도 안 만났다는데 너 자꾸 그럴래?"

"뭘 그래. 내가 뭐 어떤데. 나 지금 아무렇지도 않은데 왜. 뭐."

"그게 아무렇지도 않은 얼굴이야? 거울 좀 봐. 너 눈빛이 지금 어떤가."

말대로 옆을 돌아보자 미간을 잔뜩 좁힌 미친놈이 거울 속에서 날 노려보고 있었다.

뭘 봐, 이 새끼야. 눈깔 안 돌려?

아니, 억울하다. 왜 내가 혼나는데. 지금 혼날 사람이 대체 누군데. 속에서 올라오는 열기를 참고 나는 간신히 시선을 돌렸다. 23, 24, 25층……

"그 새끼가 진짜 귀여웠냐?"

도저히 못 참겠다. 일본 놈이 귀여웠어? 쫓아다닌다고 그걸 귀엽게 봐줘? 미치겠다.

"현진아. 나 정말 기억도 잘 안 나. 그냥 나보다 한참 어리니까 애 같아서 귀엽다고 했나보지."

"뭐 얼마나 어린데. 몇 살 연하였는데."

"꽤 어렸어."

"설마 미성년자 만났냐?"

결국 등짝을 한 대 맞았다. 아프지도 않았다. 나는 눈 한번 꿈쩍 않고 그 새끼 나이를 캐물었다.

"몇 살인데. 그 새끼가 몇 살인데 귀엽냐고."

"나보다 다섯 살 아래인가? 맞아, 아마 그랬을 거야."

"언제는 기억 안 난다더니. 자세히도 아네."

"네가 계속 물어봤잖아……"

할 수만 있다면 이나희의 머릿속에서 나카무라인지 하는 놈의 기억을 다 뽑아버리고 싶다. 그 새끼 얼굴, 목소리, 실루엣을 전부 내 걸로 대체하고 싶다.

"현진아."

"뭐."

"여보가 부르는데 예쁘게 대답해야지?"

"뭐요."

"나한테 귀염둥이는 우리 현진이밖에 없어. 그러니까 삐지지 마, 자기야. 응?"

"안 삐졌는데요."

"안 삐졌는데 왜 나 안 쳐다봐?"

나는 하는 수 없이 이나희를 내려다봤다. 그러자 나희가 내 팔을 끌어안고는 눈을 반짝였다. 뭉클한 감촉이 팔뚝 전체에 전해졌다. 이 불여시 같은 게……

"자기 그거 알아? 나 그때 있잖아. 너 생각나서 매일 밤마다 일기 쓰다가 울면서 잠들고 그랬다? 권현진 보고 싶어. 왜 나 만나러 안 와, 엉엉엉. 이러면서."

이나희는 내 마음을 약하게 만드는 법을 너무 잘 안다. 저런 눈으로 날 올려다보면서 옛날얘기를 하면 거의 백발백중이었다. 하지만 그것도 한두 번이어야지. 속이 너무 빤히 보이는 수작이다. 어이없어서 가만히 쳐다보는데 벌컥 출입문이 열렸다.

"우리 딸! 우리 사위! 얼른 들어와, 얼른……"

다툰 걸 티내지 않으려고, 우리는 장모님 앞에서 얼른 표정을 바꿨다.

"엄마, 우리 왔어!"

"어머니, 잘 지내셨어요?"

우리를 반기다 말고 갑자기 나와 이나희를 번갈아보는 장모님 표정이 심각했다. 그랬다. 우리 어머니는 눈치가 300단은 되는 분이다.

"어머, 너희 또 싸웠니?"

또 들켰다.

❀

"둘은 어쩜 그렇게 싸워. 어쩜."

"별로 심각한 일 아니었어요."

"심각한 일도 아닌데 그렇게 싸워. 싸우는 거 안 지겨워?"

"지겹긴요. 나희랑 하는 건 다 재밌죠."

나와 이나희는 장모님 댁에 각자의 자리가 있다. 나희는 거실 소파가 지정석이고, 나는 요리하시는 어머니 옆자리였다.

"화가?"

"네, 어머니."

"나희가 화가를 만났대?"

잠든 현우부터 확인한 뒤, 나는 어머니께 우리가 싸운 전말을 조용히 말씀드렸다. 얘기를 안 하면 혼자 걱정하시다가 이나희한테 몰래 물어보실 게 뻔했다. 그리고 누가 뭐래도 어머니는 내 편이라서 우리가 다 같이 있을 때 말씀드리는 게 더 유리하다.

"네. 저 만나기 전에 나희가 화가를 만났다네요."

나는 어머니가 예쁘게 담은 잡채를 식탁으로 배달했다. 처음에는 내가 하는 작은 집안일에도 놀라서 거듭 말리시곤 했다. 옛날부터 어머니는 나를 별세계 사람처럼 대했으니까. 그래서 나는 일부러 장모님이란 호칭보다는 어머니라고 부른다.

'저도 이나희랑 똑같은 사람인데 왜 못해요. 나희 혼자 자취할 때 그 집 청소도 하고, 재활용 쓰레기도 거의 제가 버리

고 그랬는걸요.'

내가 그렇게 말했을 때 어머니의 당혹스러운 표정이 아직도 잊히지 않는다. 하지만 이후로는 나를 대하는 게 조금 편해지셨다.

수저까지 식탁에 놓고서야 나희가 비척비척 일어나서 앉았다. 어머니 집이라서 그런지 긴장이 확 풀린 얼굴이었다.

"일본 남자랑 도서관에서 데이트도 했다던데요."

"데이트는 무슨 데이트야, 여보. 그냥 도서관에서 같이 공부한 거지."

"그게 데이트가 아님 뭔데."

저걸 변명이랍시고 한다. 공부를 어떻게 둘이서 하는데. 공부는 혼자 하는 게 공부야, 이나희.

"어머니, 저거 데이트 맞죠?"

"자기야……"

이나희가 나를 한심한 눈으로 쳐다봤다. 그러거나 말거나, 나는 내 편에게 동의를 구하려 고집스레 어머니만 응시했다.

"너흰 매번 그러더라. 뭐 별것도 아닌 걸로 그렇게 티격태격거려. 애들도 아니고."

어머니가 깔깔 웃으시면서 고개를 저었다.

"우리 나희는 남자친구 없었을걸?"

"있었나봐요. 화가 남자친구."

내가 덧붙인 말에 이나희가 얄밉다는 듯이 날 째려봤다. 뭐, 어쩌라고. 어디서 적반하장이야.

"화가 누구…… 아, 설마 곤드레 말하는 거야? 우리 식당에서 밥 먹고 갔던?"

"엄마. 그 사람은 곤드레가 아니고 안드레야."

안드레? 아니, 그건 또 누구야.

"그 미국 사람 말하는 거잖아. 너랑 같이 칼국수랑 만두 먹던 금발 머리."

"엄마. 안드레는 미국 아니고 남아프리카공화국 출신이라니까……"

남아공인지 앙골라인지 지금 그게 중요해? 눈이 막 돌아갔다. 두 명인 줄 알았더니 세 명이었다. 심지어 한국에서도 만나셨어?

"안드레랑 진짜 아무 사이 아니야. 그냥 친구야. 한국 왔다고 해서 잠깐 봤어."

친구? 친구 좋아하시네. 어떤 미친놈이 아프리카에서 비행기 타고 제주도까지 가. 그걸 또 어머니 식당까지 데려가서 칼국수랑 만두를 드셨어? 와…… 잘났다, 이나희. 잘났어. 열받아서 밥만 처먹고 있자 이나희가 어색하게 머리를 긁적였다.

"잡채 맛있다, 엄마."

"참기름 직접 짠 거야. 좀 갖고 가. 현진이도 잘 먹네."

"아냐. 집에 가면 안 먹어. 우리집에서 같이 밥 먹을 시간 없어, 엄마. 거의 외식이나 하지."

나는 출장이 길고 잦았고, 주말에도 집에 있는 시간이 거의 없었다. 요즘 나희도 학교에 가지 않는 날에는 리황으로 출근했다. 우리 할머니, 관장님의 호출 때문이었다. 현우를 자주 봐주시는 어머니는 우리 부부의 바쁜 일정을 다 안다.

"아이고, 그러다 몸 축난다. 밥은 제때 잘 챙겨 먹어."

"각자 잘 먹고 다녀, 엄마. 걱정하지 마."

"아니, 너희는…… 아니다, 됐다."

같이 밥 먹을 시간도 없으면서 싸울 시간은 있냐고 우리를 한심해하시는 것 같았다. 어째 결혼해서도 그러냐고. 예, 저희는 결혼 전이나 지금이나 똑같습니다.

"둘이 점심에 대구 스테이크 먹었어? 너 며칠 전부터 그거 먹고 싶다고 노래를 부르더니."

"현진이가 바쁘대서 못 먹었어. 엄마, 수요일에 시간 되면 같이 먹으러 갈까? 대구 스테이크. 토마토소스 푹 발라서. 잘하는 곳 찾아놨는데 같이 갈 사람이 없네."

나희는 꼭 한번씩 특정 음식에 꽂히곤 했다. 나야 익숙하지만 어머니는 뭔가 평소와 다르다고 느껴지셨나보다.

"나희야. 너…… 너 혹시."

둘째 가진 거 아니니? 어머니가 차마 묻진 못하고 눈만 빛내셨다. 나희가 크게 손을 내저었다.

"에이, 엄마. 절대 아냐."

나도 임신이 아닌 걸 알고 있었다. 우선 우리는 가족 계획을 철저히 하는 중이고, 내가 출장에서 돌아온 날부터 나희는 그날이었다.

"아…… 임신이 아니야? 아니면 뭐."

희망의 싹이 잘려서 아쉬운지 어머니는 대놓고 실망한 기색이었다. 그러면서도 나한테는 별다른 언급이 없었다.

"현우 아직도 자네."

밥을 먹다 말고 깨금발로 어딜 가나 했더니, 아기방에 다녀온 나희가 속삭였다.

"웬일이야. 너무 잘 자."

"그렇다니까. 우리 강아지 이젠 칭얼거리지도 않고 할미집에서 잘 자. 누굴 닮아서 저렇게 순한지."

어머니께서 은근히 날 보면서 고개를 끄덕이셨다. 장모님 눈에는 우리 아기의 착한 성격마저도 나한테서 왔다고 생각하시나보다.

죄송하지만 그건 저 아닙니다, 어머니.

"엄마. 현우는 당연히 날 닮았지. 재가 어릴 땐 얼마나 못됐는데."

"너는 남편한테 얘, 재, 그렇게 좀 부르지 말라고 엄마가 몇 번을 말했는데 아직도 그러니?"

날 흉보던 이나희는 결국 어머니에게 혼이 나고 말았다.

"저도 말실수 많이 해요, 어머니."

"현진이 봐라. 우리 사위 얼마나 의젓해. 나이는 어려도 현진이가 너보다 훨씬 어른스러워. 나희야, 좀 본받아."

어머니는 예전에 우리의 결혼을 반대했던 게 미안해서인지 과하게 나를 칭찬하시는 경향이 있다. 저래 봬도 어머니의 최애는 예전이나 지금이나 오직 이나희다. 우리 강아지, 우리 강아지 하며 현우를 예뻐해주시지만, 나는 안다. 우리 현우조차도 나희에겐 안 된다는 걸.

하긴, 이나희가 좀 예쁜가. 나 같아도 이나희 같은 딸이 있다면 당연히…… 모르겠다, 딸이 없어서 그 마음이 어떤지는. 뭐 별로 궁금하지도 않고.

"쉿, 엄마. 현우 깨요."

"어차피 차 타면 깨잖아."

집에 데려가면 다시 잠들 때까지 한참 안아줘야 한다. 오늘처럼 중간에 자다 깨면 늦게까지 잠투정을 하니까. 자연스레 그건 내 몫이었다. 당연히 마음의 각오를 하고 있는데, 갑자기 희소식이 들려왔다.

"나희야, 엄마가 내일 저녁에 현우 집에 데려갈게. 사람 보내줘."

"진짜? 엄마, 진짜 그래도 돼?"

"나는 좋지. 우리 예쁜 손주랑 놀고. 집에 현우라도 없음 적적해."

어머니는 얼마 전까지 찬희 부부와 같이 살았다. 그러다가 갑자기 상을 치르고 혼자가 되신 그 집 장모님을 찬희가 모시겠다고 나선 것이다. 처음엔 두 분을 다 모시겠다고 했지만 아무래도 불편했는지 어머니가 집을 나왔다.

"젊은 사람들이 바쁘게 사는 것도 좋은데, 둘이 따로 시간

내서 데이트도 하고 그래."

어머니, 저도 그러고 싶은데요. 이나희가 안 놀아줘요. 가뭄에 콩 나듯 있는 휴일에는 집에서 쉬고 싶다네요. 시체처럼 늘어져 있는 게 여자들한텐 쉬는 건가요?

"에이, 엄마. 우리 데이트 자주 해. 점심 먹을 때 시간 내서 만나고 한다니까."

"나희 너는 먹으러 다닐 생각만 하지 말고. 같이 좋은 것도 보고, 부부끼리 분위기 좋은 데서 오붓하게. 응?"

"네, 어머니."

우리 장모님 만세다.

어머니의 집을 나오자 우리 사이엔 다시 말이 없었다. 데이비드, 나카무라에 이어서 안드레까지. 이나희를 스쳐간 옛 남자들 이름을 연타로 들었더니 머리가 어질어질했다.

"내가 운전할게."

그런 내 기분을 읽었는지 이나희가 먼저 운전석에 앉아서 갑자기 내비에 D호텔을 찍었다. '지금 뭐하는 거야?' 하는 얼굴로 내가 쳐다보니까 뻔뻔하게 눈을 맞추곤 그러는 것이다.

"우리 오늘 꼭 집에 안 들어가도 되잖아. 어차피 현우도 없는데."

나는 집에 가서 결재할 게 있었다. 서류가 쌓여 있는데도 그냥 집으로 가잔 말이 안 나왔다.

"거기 야경 좋더라, 자기야. 우리 라운지 바에서 칵테일 마시고 거기서 자고 가자. 조식도 먹고."

"집이 편하지 않나?"

"생리 어제 다 끝났어."

순간 나도 모르게 동공이 흔들리고 아랫배가 확 당겼다. 달라진 내 상태를 이나희한테 들키기 전에 자세를 고쳐 앉았다. 아니, 하여튼 이 새끼는 낌새만 보였다 하면 상의도 없이 벌떡벌떡 서고 난리다. 파블로프의 거시기도 아니고, 내 말을 안 듣는 세번째 다리 때문에 인생이 피곤하다.

"그래, 그럼…… 그러던지. 자고 가."

고개를 옆으로 돌리면서 최대한 아무렇지 않게 대답했다. 밤을 기대하지 않는 척, 그런 생각은 아예 안 한 것처럼. 나도 참 이나희 한정으로는 자존심이 없는 놈이다. 이젠 뭐 새삼스럽지도 않았다. 착잡한 기분도 모르고 눈치 없는 심장이 쿵쿵 날뛰기 시작했다.

잠깐, 그게 있던가? 손으로 브리프케이스를 슬쩍 더듬었다. 휴대하고 다니다가 혹시 영화관이나 차 안에서 사고 칠까봐 일부러 안 갖고 다닌다. 나도 이제 사회적 지위가 있는 인간인데 그럴 순 없지.

한동안 유튜브와 브라운관을 도배했던 자랑스러운 우리 권씨 일가 덕분에 나는 백번 다짐했다. 자식 보기에 쪽팔릴 짓은 하지 말아야 한다고. 그래, 야외에선 절대 안 된다. 우리 현우를 봐서라도 체면을 생각하고 살아야 했다.

천천히 올라가는 호텔 엘리베이터 안에서 이나희가 물었다.

"칵테일 지금 마실까? 많이 마실 거야?"

"됐어. 술은 무슨 술이야."

파블로프의 거시기가 벌써 난리가 났다. 언제 넣어놨는지 모르겠지만 가방에 그게 있었다. 어떻게 최대한 효율적으로 사용할 수 있을지 수를 헤아리느라 바빴다.

아무거나 써도 되는 놈이었다면 좋았을걸. 이럴 땐 우람한 녀석이 불편했다. 혼자 초조해하는 내 옆에서 이나희가 슬쩍 눈치를 보면서 물었다.

"여보, 좀 출출하지 않아?"

"우리 장모님 댁에서 방금 저녁 먹고 왔는데."

"야식 안 당겨?"

가는 손가락이 디스플레이 화면 안의 레스토랑을 가리켰다. 배시시 웃는 얼굴을 보고도 웃음이 안 나왔다. 내가 지금 야식 생각이 들겠냐고.

"별로. 배 나와."

"운동을 그렇게 하면서 자기가 무슨 배가 나와."

우리집에는 홈짐도 있고, 나는 회사에서 가장 가까운 피트니스도 다니고 있다. 말하자면 연애 때보다 더 열심히 몸을 가꾸는 중이었다. 거의 매일 서로를 안고 자는데 관리에 예민해지지 않을 수가 없었다.

이나희가 내 의견을 묵살하고 레스토랑이 있는 21층 버튼을 눌렀다.

"여보, 실은 있잖아……"

D호텔 레스토랑 시즌 코스 메뉴로 대구 스테이크가 있단다. 디저트로 밤 마카롱도 나온단다.

그랬다. 호텔까지 온 목적은 내가 아니라 대구였다. 마카롱이었다. 내 이럴 줄 알았다. 좋다 말았지. 또 나만 설렜지. 빈정은 상하지만 이나희가 일주일간 노래를 불렀던 대구 스테이크였다. 죽은 사람 소원도 들어주는데 산 사람 소원 하나 못 들어주겠나.

"그래. 먹자, 먹어."

나희는 식탐은 없는데 가끔 하늘의 계시를 받은 것처럼 어떤 특정한 음식을 갈구한다. 겨울에는 붕어빵을 꼭 먹어야 했고 여름에는 복숭아를 달고 살았다. 내 아내의 귀엽고 사랑스러운 부분 중 하나였다. 일도 가정도, 밖에서 보기엔 완벽한 여자가 이렇게 어린애 같은 면이 있다는 건 나만 아는 비밀이니까. 행복한 얼굴로 주전부리를 먹을 때마다 내가 쫓아다녔던 어린 이나희가 저 안에 고스란히 살아 있다는 게 느껴져서 정말이지 깜찍해 죽겠다.

"자기야. 자기도 먹어봐. 소스 너무 맛있다."

"그렇게 맛있어?"

"응."

같은 코스를 시켰지만 나는 요리에 손도 대지 않았다. 의자에 등을 붙이고 편하게 기대어 앉아, 대구 스테이크를 먹는 이나희를 구경했다. 샤도네가 든 와인잔을 슬슬 돌리자, 볏짚 색깔의 액체에서 풋사과 향기가 올라왔다. 살짝 시선을 돌리자 화려한 야경이 한눈에 담겼다. 21층에서 내려다보는 서울의 밤경치는 꽤 아름다워서 저 먼뎃불빛이 나를 당기는 듯 영혼까지 황홀하게 만들었다.

별처럼 빛나는 저 야경을 보고 외로움에 몸서리치던 때가 있었던가. 야경이 유명한 도시는 수없이 다녔지만 내가 본 중에는 오늘밤이, 이 서울이 가장 눈부시다. 결혼반지를 낀 이나희가 내 눈앞에 있는 지금이.

세상 모든 게 아름다운 이 순간의 감각이 내 머리끝까지 물들였다. 역시 장모님 말씀을 듣길 잘했다. 부부는 가끔 이렇게 분위기 좋은 데서 단둘이 기분을 낼 필요가 있다.

"이거 요즘에는 사람들이 꿀대구라고 부르더라? 스페인 여행 가면 많이 먹는대."

이나희는 영국의 미슐랭 식당에서 먹었다고 했다.

"누구하고 먹었어?"

왠지 느낌이 엿같았다. 정확히 어디서 누구와 먹었냐고 캐

물었더니 우물쭈물했다.

"왜 제대로 말을 못해. 누구랑 먹었냐고."

대구를 칼질하는 이나희의 눈이 급하게 좌우로 굴렀다. 뭐야. 급히 상체를 세우고 제대로 앉았다.

"누구랑 먹었는데."

"그냥 뭐, 친구랑 먹었지."

"친구 누구?"

"말하면 여보가 다 아나, 뭐."

"여자야, 남자야."

"그냥…… 친구랑 먹었다니까."

"그래서 그 친구가 달린 놈이냐고요, 안 달린 놈냐고요."

"여보, 밖인데 말 좀 조심해."

"남자네."

이럴 수가 있나. 순식간에 입맛이 뚝 떨어졌다. 옆을 어슬렁거리는 직원에게 아주 차가운 냉수를 부탁했다. 한잔을 곧장 원샷했는데도 속에서 막 불길이 일었다. 이나희는 내 눈을 피하더니 슬그머니 커트러리를 내려놓았다.

"설마 그 나카무라인지 하는 일본 놈이랑 먹었냐?"

"아니거든."

"그럼. 양키 새끼?"

"말 그렇게 하지 말라고……"

"맞네, 양키."

황당해서 웃음이 다 나온다. 그걸 그렇게 먹고 싶다고 성화를 했어? 다른 새끼랑 데이트중에 먹은 음식을?

"와…… 이나희."

진짜 미친 거 아냐? 머리 꼭대기까지 불길이 치솟았다. 조용히 눈만 굴리는 이나희를 보고 있자니 내가 용광로 안에 들어앉은 기분이었다. 열받아서 돌아가시겠다. 수영장 가서 찬물에 몸이라도 식혀야지. 이젠 와인조차 입에도 안 대는 날 보고는 이나희가 슬그머니 물었다.

"이제 마카롱 달라고 할까?"

황당해서 코웃음이 나왔다. 사람 기분을 이렇게 만들어놓고 뭐? 마카롱?

"너 실컷 드세요. 내 거도 다 처드세요."

말해봐. 나야, 마카롱이야? 거기까지 묻는 건 진짜 유치한 거겠지. 참자. 부부 사이에도 지켜야 할 선이 있는 거다. 더는 추락하고 싶지 않았다.

"디저트 올려드리겠습니다. 저희 피에스타 레스토랑의 시즌 한정 디저트는 공주 정안밤 컬렉션인데요, 보름달을 형상화한 화이트 마카롱을 준비했습니다."

얄밉게도 마카롱은 오백 원짜리 동전만 했다. 깜찍한 마카롱이 무색할 만큼 접시만 커다랬다. 이나희 너는 이걸 먹겠다고 여기까지 오셨냐고요.

내 앞에도 그 작고 소중한 마카롱이 놓였다. 나는 눈앞의 나희를 향해 고갯짓했다.

"제 건 저분 앞으로 놔주세요."

"알겠습니다."

이나희는 민망한 듯이 웃으면서도 싫다고는 안 했다.

네, 너 많이 드세요.

✿

커다란 소파에 앉아서 괜히 TV 리모컨을 돌렸다. 우리집에서도 안 보는 게 TV인데, 관심 가는 채널이 있을 리 만무했다.

"여보 아직도 삐졌어?"

"누가 삐져."

총선이 어쩌고저쩌고, 대통령이 뭐 어쨌다고. 눈과 귀에 들어오지도 않는다. 그럼에도 나는 TV에만 시선을 고정했다. 반쯤 누워서 다른 손으론 머리를 괴고, 내게 달라붙은 이나희에겐 하나도 관심 없는 척했다. 그나마 룸이 넓은 거 하난 맘에 들었다. 저 짠순이가 웬일로 스위트를 잡았을까?

"다 옛날 일이잖아."

"뭐. 근데."

"나 아무 말 안 했는데 네가 물어봤잖아. 거짓말하기 싫어서……"

"알았어. 누가 뭐래?"

호텔이고 나발이고 우리 현우 데리러 장모님 댁 가려고 했다. 이나희 때문에 서러워서 미치겠다고 어머니한테 다 일러바치려고.

"쫓아다닌 남자가 나 말고도 한 트럭이었다고요. 알겠다고요. 너 예쁘다고요."

이나희가 내 손에서 리모컨을 빼앗아 TV를 끄고는 슬그머니 날 끌어안았다.

"현진아. 우리 여기까지 왔는데 싸우지 말자. 응? 이러려고 온 거 아니잖아."

"그럼 뭐. 뭐하려고 왔는데."

"알면서 왜 그래, 자기양."

콧소리 한번에 또 설 뻰했다. 이 새끼가 진짜 눈치도 없이. 주인님이 이렇게 열받아 계시는데 어딜 일어서? 힘 빼고 가만 누워 있으라고 속으로 애국가를 열창했다.

"싫어. 안 해."

"왜에……"

여우 같은 이나희가 그대로 눈을 맞추면서 푹 안겨왔다. 들썩이는 입가를 감출 수 없어 결국 들키고 말았다.

"우리 남편 복근 봐야지. 얼마나 잘생겼나."

'우리 현우 끙아 봐야지' 하고 똑같은 말투였다. 아기 기저귀 갈아줄 때처럼 흥얼거리며 내 샤워 가운을 열었다. 아주 내 몸이 아니고 제 몸이다. 매번 이런 식이지, 이나희. 자기가 만져주면 내가 다 풀리는 줄 안다. 스킨십으로 모든 문제를 해결하려고 든다.

"재밌냐?"

나는 힘껏 이나희를 째려보았다. 이럴 땐 너무 예쁜 여자가 내 아내라는 게 힘들다. 저 몹쓸 이나희를 미워하고 싶은 순간에도 내 눈에는 예뻐 죽겠으니까.

"아주 웃겨 죽겠지? 나만 불안해하고. 나만 초조해하고."

"풉."

뭐야, 비웃어? 이나희가 어이없단 듯이 웃는데 내가 더 어이없다. 이 상황에 대체 뭐가 웃겨, 너는.

"현진아. 우리 결혼한 지가 벌써 2년이다. 너 이제 서른넷이야."

"어쩌라고. 누가 내 나이 물어봤냐?"

"아니이, 한참 옛날 일 가지고 그렇게 질투하고, 열 내고…… 안 피곤해?"

"너는 피곤하시겠지. 덮으려고 개수작부리는 거 누가 몰라."

아까부터 내 몸을 돌아다니는 손에 불순한 의도가 섞여 있었다. 나는 늘 이렇게 쉽다. 이나희가 조금만 만져주면 그냥 신나서 난리다. 개가 주인을 알아보듯 내 건 그저 이나희라면 침을 뚝뚝 흘리고 만다. 이따위 몸을 가진 게 나라니, 창피하고 열받아서 결국 신경질을 부렸다.

"그 새끼랑 먹었던 게 그렇게 맛있었냐? 안 물어봤으면 평생 몰랐겠네. 얼굴도 모르는 놈이랑 네가 데이트하면서 처먹었던 거 나랑……"

"권현진. 너 진짜 말 예쁘게 안 할 거야?"

순간 정색하는데 간담이 서늘했다. 대학교 강의 나가더니 아주 교수님 다 됐네.

"현진아. 우리 싸울 때도 예쁘게 말하기로 했잖아."

"이 상황에서 뭘 어떻게 예쁘게 말하라고. 열받는데. 나 미치겠는데! 먼저 사람 돌게 하고 또 나만 잡냐?"

말없이 나와 눈싸움하던 이나희가 한숨을 쉬었다. 그러더니 날 붙잡은 손을 거둬갔다.

"나희야."

허겁지겁 아내에게 안겼다. 이놈의 몸뚱이는 그냥 본능이다. 엎드려서 나희를 끌어안은 채로, 아니 억지로 좁은 품에 안긴 채로 나는 목소리 톤을 낮췄다.

"내가 잘못했냐? 딴 놈이랑 데이트하면서 먹었던 거 생각난다고 일주일 내내 나 졸랐어?"

"현진아, 데이트가 아니고…… 그냥 식당 가서 같이 요리만 먹었어. 대구 스테이크밖에 기억이 안 나. 그건 진짜 맛있었거든."

입술을 달싹이던 이나희가 어렵게 덧붙였다.

"미슐랭이라 다르긴 다르더라."

"날카로운 미슐랭의 추억을 잊지 못하셨나봐."

"현진아."

"짜증나. 엿같아. 그 새끼 죽여버리고 싶어. 거길 나랑 갔어야 했는데. 네 기억 속에서 그 새끼 뿌리째 뽑아버리고 싶어. 거기 내가 들어갈 거야. 이나희 다 내 건데……"

현우가 하듯이 이나희한테 안겨서 응석을 부렸다. 그러자 이나희가 내 머리를 살살 쓰다듬어줬다. 달래주길래 한술 더 떴다.

"그놈의 대구는 씨발. 앞으로 내가 대구를 처먹나봐라. 대구에 가지도 않을 거다."

"권현진. 계속 욕할 거야?"

"누가 한대?"

불쑥 고갤 들고 눈으로 이나희를 할퀴었다. 누가 계속 욕한댔냐고. 지금은 우리 둘뿐이잖아. 나 지금 현우 아빠 아니잖아, 네 남편이지. 너도 내가 어리광부리면 다 봐줄 거잖아. 네 앞이 아니면 내가 어디서 이 지랄하는데. 이나희, 네 품이 아니면.

"할 거야, 안 할 거야."

"안 한다고."

"우리 현우 앞에서 말실수할까봐 그래. 다시 말 예쁘게 하는 거야, 알았지?"

무릎에 납작 엎드렸더니 정말 애 다루듯 말한다. 누가 너한테 애 취급받고 싶대?

"권현진."

"한다고요. 예쁘게 말한다고요. 내가 언제 현우 앞에서 욕하는 거 봤냐?"

"우리 현우 요즘 말을 따라 하잖아. 엄마, 아빠 무슨 말 하는지 다 들어."

우리 현우만 걱정하냐? 너의 현진이도 지금 겁나 삐졌다. 이건 내가 생각해도 유치해서 속으로만 중얼거렸다.

"내가 잘못했어, 응? 우리 남편 질투심 많은 거 내가 잘 아는데."

"그래서 누구랑 먹었는데."

"얘기 안 할 거야. 진짜 기억도 안 나."

"누군지만 말해봐. 일본? 남아공?"

"자기야…… 우리 여기까지 왔는데 그 얘기 이제 그만하자, 응? 분위기 이렇게 좋은데."

"남아공이냐고. 안드레 그 새끼냐고요."

"그 사람 아니야."

"그럼 데이비드네. 미국 놈. 맞지?"

"……그 사람은 한국인이야."

"진짜 그 새끼랑 먹었냐? 데이비드?"

고개를 돌리고 내 눈을 피한 이나희는 필사적으로 말을 돌렸다.

"스위트룸이라 그런가? 여기 뷰 되게 좋다. 그치."

고층이라 전망도 좋고, 룸의 가구 배치도 좋고, 가구도 세련됐고, 걸려 있는 미술품도 안목이 훌륭하단다.

"여기 스위트룸 예쁘다고 해서 여보랑 오려고 봐뒀어. 부부 관계도 맨날 똑같이 하면 빨리 질린대. 우리 계속 집에서만 했잖아. 요즘엔 둘 다 바빠서……"

"뭐? 질려?"

"아니, 질린다는 게 아니라 지겨워진다고."

전신이 서늘해서 벌떡 일어나 앉았다. 불타던 머릿속이 순간 냉수마찰을 한 듯 단번에 식었다. 용수철처럼 튕겨오르는 나 때문에 놀랐는지 나희 눈이 동그래졌다.

"내가 벌써 지겨워졌냐?"

"그런 뜻이 아니고……"

"야. 내가 지겹냐고, 이나희."

내 귓전에는 지겹다는 말만 웅웅 맴돌았다. 질린대. 지겨워진대. 이미 나한테 질렸고, 내가 지겹다는 말처럼 느껴졌다.

"아니야, 자기야. 내가 말실수했나봐. 현진아. 그런 거 아냐."

덩달아 심각해진 나희가 빠르게 사과했다. 사과는 하나도 귀에 안 들어왔다. 서운한 건 둘째치고 가슴이 꽉 막힌 듯 속이 답답했다. 얘가 진짜 날 지겨워하면 어떡하지? 나한테 질리면, 그럼 난 앞으로 어떻게 살라고. 나 너 없이 못 사는데.

"씨…… 말 그렇게 하냐?"

서러워서 죽을 것 같다. 인자하게 웃고 계신 우리 장모님 얼굴이 주마등처럼 눈앞을 스쳤다. 현우야, 우리 현우. 아빠는 우리 현우 사랑한다……

"어떡해. 우리 남편 완전 울보야, 울보."

"누가 울어."

이를 꽉 깨물고 말했다. 이나희가 내 눈가로 양손을 뻗었다. 서운함이 절정에 달한 나는 고개를 탁 돌려 손길을 피했다.

"아이구우, 현진아."

그런데도 굴하지 않고 이나희가 웃으면서 양팔을 크게 벌려 날 끌어안았다. 내 앙탈 정도는 그냥 우습단 듯이 가슴으로 내 머리를 통째로 안아버렸다.

"눈물 완전 그렁그렁 맺혔어."

"아직 안 떨어졌거든?"

눈물이 떨어지진 않았다고. 그럼 운 건 아니잖아. 사람을 울보 취급하는데 실제로 내가 운 건 몇 번 없다. 가장 최근에는 우리 현우가 태어났을 때, 그날 이나희 얼굴이 너무 초췌해서 참을 새도 없이 수도꼭지 열듯 눈물이 팍 터졌다. 분만실에 사람도 많은데 나를 울보라고 놀렸다. 지도 같이 울었으면서.

"너 가끔씩 진짜 짜증나, 이나희."

"우리 현진이가 짜증났어요오."

"사람 너무 열받게 해."

"누가 우리 현진이를 열받게 해. 오구구, 나희가 나빴네."

"근데 왜 안 밉냐?"

"이 못된 입 안 되겠다. 벌줘야겠다."

내 빰을 잡아올린 이나희가 앙, 하고 입술을 깨물었다. 위아래로 번갈아가면서. 앙앙앙앙, 귀여운 소리를 내면서 장난

쳤다. 그러다 내가 본격적으로 혀를 섞으려 들자 씩 웃으며 고개를 뒤로 뺐다. 다가서는 내 어깨를 막았다.

뭐야, 먼저 사람 달궈놓고 빼는 게 어딨어? 나는 반항하듯 가는 손목을 잡아채고 몸을 겹쳤다. 금세 내 아래 깔린 이나희가 천천히 입을 열었다.

"현진아, 나 너한테 해보고 싶은 게 하나 있는데……"

"뭔데."

이나희가 대체 뭘 해보고 싶었을까? 궁금하기도 하고 묘하게 긴장됐다. 솔직히 약간 설렜다. 뭔가를 찾는 듯 옷장을 왔다갔다 하는 이나희를 눈으로 좇는데, 심장이 막 쿵쿵쿵 뛰었다.

"오, 이게 좋겠다."

내게 다가오는 얼굴이 꼭 새로운 장난감을 발견한 어린애처럼 짓궂었다. 손에는 오늘 나희가 맸던 스카프가 들려 있었다. 저걸로 대체 뭘 하려나 싶었는데 갑자기 내 이마 부근에 둘렀다.

아, 눈을 가리려고? 실크 스카프라서 시야가 확실히 차단되기는 했다. 앞이 안 보여서 낯선 건 차치해도, 이러고 뭘 할 수 있을까 당황스러웠다.

"너 지금 심장 엄청 빨리 뛴다, 현진아."

아무것도 안 보이니까 촉각이 곤두선다. 작은 스킨십에도 몸이 예민하게 반응했다.

"그거 알아? 너 지금 귀부터 목까지 다 빨개졌어."

나는 마른침을 넘겼다. 느리게 왕복하는 목젖을 이나희가 손끝으로 둥글렸다.

"현진아, 좋아? 아님 부끄러워서 그래?"

"……나 이거 안 해."

곧장 스카프를 끌어내렸다. 앞이 보이니까 살 것 같다. 시야가 차단됐을 때는 숨 쉬는 것도 의식했을 만큼 긴장했다. 나는 그대로 이나희를 안고 마스터룸으로 들어갔다. 안겨서도 여전히 미련이 남는지 내가 목걸이처럼 매고 있던 스카프를 매만졌다.

"우리 이거 해보자, 응?"

"싫어. 안 해."

"내 소원. 현진아, 제발."

"재미없다고."

"아닌데, 너 재밌어하는 것 같던데?"

침대에 눕혀진 이나희가 발끝으로 나를 건드렸다. 이게 완전 놀리네. 작고 부드러운 발에 힘이 들어갔다. 이미 내가 수없이 물고 빨았던 발이다. 이나희 몸에 더러운 부분은 하나도 없었다.

"이거 봐. 얘도 좋아하는 것 같아."

아니거든. 이 새낀 네가 하는 건 그냥 다 좋아하거든.

너무 좋아서 무서울 지경이지. 이만 멈추려는데 내 손을 잡고 깍지를 꼈다. 한계의 한계까지 참다가, 나는 마지막 순간에 나희의 손을 뿌리쳤다.

"권현진! 너 갑자기!"

얄밉다고 째려보는 시선에서 나는 이나희의 거대한 목적을 알아차렸다. 저 짠순이가 궁궐 같은 집 놔두고 호텔을, 그것도 스위트룸을 잡은 진짜 이유를 말이다.

"와, 이나희 너 설마."

마카롱이나 엿같은 대구 스테이크가 아니었다. 이나희의 숨은 목적은 현우 동생, 그러니까 우리의 둘째 임신이었다. 나는 호랑이 담배 피우던 시절 와이프 과거 파기. 나희는 합의 없이 둘째 만들기. 우리 둘 다 헛짓거리로 일등을 겨루기 힘들 정도로 신나게 평행선을 달리고 있었다.

그래. 나도 난데, 너도 참 너다, 이나희.

제3장

나와 그의 볕뉘

기나긴 여름이 지나고, 벌써 가을이다. 새 학기가 시작된 지 얼마 되지도 않았는데 나무가 벌써 옷을 갈아입고 있었다. 오늘은 아침 9시에 강의가 있는 날이었다. 이런 날은 대개 교수 식당에서 학과장님, 교직원들과 점심을 먹는다.

"벌써 단풍 든 거 봐. 세상에. 날씨도 선선하고 이런 날 학교에 있기 아쉽다, 정말."

우리 학교는 캠퍼스가 아름답고 교내 식당이 훌륭한 걸로 유명하다. 오늘 메인 메뉴는 오리 불고기에 무쌈이었다. 맛있게 배를 채우고 행복한 기분으로 단풍나무 사잇길을 걸었다.

"이 교수님 뭐 약속 없어? 남편분하고 데이트 안 해?"

"저희 남편 출장 갔어요."

"또? 빨리 한국 들어오시라고 해. 가을에 혼자 있으면 외롭잖아."

"외롭기는요. 아기 봐야죠."

우리 현우는 얌전한 편이지만, 그래도 학교에 나오면 숨통이 좀 트였다. 애가 예쁜 것과 육아는 별개 문제였다.

"우리 밖에서 커피 좀 마시고 들어가자. 나 종일 연구실에만 앉아 있었더니 엉덩이 퍼진 거 봐."

"진짜요. 운동도 하고 그래야 하는데……"

"무슨 소리야. 이 교수님은 쭉쭉빵빵이잖아. 자기가 내 맘을 어떻게 안다고 그래."

학과장님의 너스레에 한바탕 웃음이 터졌다. 우리는 중앙도서관 앞 벤치에 앉아 커피를 마시고 교수 회관에 들어가기로 했다.

가을인데도 덩굴진 이파리 위로 장미가 가득했다. 요즘은 화훼 기술이 발달해선지 5월 장미도 다 옛말이다. 역시 가을은 가을인가. 이 계절에도 고혹적인 빨간 장미를 볼 수 있다는 사실이 새삼 마음을 건드렸다. 우리는 전깃줄 위의 참새

들처럼 나란히 앉아서 아치형 장미 덩굴을 배경으로 셀카 찍는 학생들을 흐뭇하게 바라보았다.

"젊음이 좋아. 그치?"

"네. 다들 새내기 같아요."

하늘은 파랗고, 단풍나무로 둘러싸인 벤치는 한적하다. 따듯한 커피를 마시다 무심코 시선을 내린 곳에 조각난 그림자가 반짝였다. 햇살이 아름드리나무의 빼곡한 이파리를 투과해 내려앉은 지점이었다. 빛 조각들이 옹기종기 모여서 저들끼리 가을이라고 속삭이는 것 같았다. 그 모양을 한참 바라보고 있으니 교직원 선생님이 넌지시 말했다.

"저거 너무 예쁘죠. '볕뉘'라고 한대요."

볕뉘. 작은 틈으로 잠시 비치는 햇볕을 뜻하는 말이라고 했다.

"순우리말이에요."

"이름도 예쁘네요. 볕뉘."

참지 못하고 핸드폰 카메라를 들었다. 예쁜 거, 귀여운 거, 좋은 거. 그런 게 생기면 보여주고 싶은 사람이 나에게도 있으니까.

다 비슷비슷해 보이는 사진이지만 여러 개 찍어서 그에게 전송했다. 그곳은 지금 저녁인가? 밥은 먹었으려나. 출장 메이트가 부디 그를 맛있는 식당에 데려가줬으면 좋겠다, 생각하면서 다시 핸드폰을 주머니에 넣었다.

"이 교수님 올해가 마지막이지? 화요일 점심 메이트 너무 좋았는데. 나 진짜 아쉽다."

"에이, 아직 몇 개월이나 남았는데요."

"이거 봐. 떠나는 사람은 모른다니까. 남은 사람들만 미련 철철이지."

나도 아쉽다. 요즘은 대학도 입학 정원이 줄어서 교수도 비정규직으로 초빙하는 경우가 훨씬 많았다. 나처럼 정년 트랙으로 들어온 전임교원 세대는 이제 마지막일 거란 얘길 얼핏 들었다.

"학교 놀러올게요."

"자주 와야 해. 나 진짜 기다릴 거야."

나 역시 B여대에 애정이 컸다. 어렵게 들어온 학교를 떠나는 건 슬프지만, 황 관장님과 약속한 일이 있었다.

마지막으로 보는 B여대의 가을이다. 기분이 이상해서 싱숭생숭하게 교수 회관으로 올라가는데 핸드폰이 요란하게 진동했다. 내가 보낸 별뉘 사진을 본 그에게서 답장이 온 것이었다. '나희야, 같이 보고 싶다. 나희야, 사랑해. 나도 보고 싶어.' 대충 그런 내용을 기대하고 화면을 켰다.

—이 새끼가 그 새끼지?

밑도 끝도 없이 대뜸 뭔 소리람. 가을 감성에 한창 젖어 있는 내게 그가 찬물을 끼얹었다. 무슨 소리냐고 물을까봐 친절하게도 캡처본까지 보냈다. 문제는 내 SNS였다. 우수 논문상 시상식 사진이 잘 나와서 한 장 올렸는데, 거기에 데이비드가 단 'Wow Congratulation! 쏘 뷰티풀~^^'이라는 댓글을 권현진이 발견한 것이다.

한숨이 절로 나왔다. 내 SNS는 대체 언제부터 염탐하고 있던 거지? 우리 남편은 그간 SNS에 가입도 안 했고 당연히 계정도 없어서 SNS 공간에선 완전히 마음놓고 있었다. 거기다 계정이 비공개 상태이기도 했다. 근데 대체 어떻게 본 거야.

—미슐랭 데이트. 이 새끼 맞지?

SNS 아이디가 Dave_Kim이어서 바로 알아챈 모양이었다.

데이비드, 애칭으로는 데이브라고 부르는 친구였다.

—어떻게 아직도 연락을 하냐?

—연락은 무슨 연락이야

—그럼 저건 뭔데

—그냥 댓글 하나 단 거지

곧장 전화가 왔다. 회의 때문에 받지 못한다고 하자 '지금 당장 비행기 표를 끊겠다, 오늘 한국에 가겠다'며 바람난 아내 잡으러 오는 남편처럼 난리도 아니었다. 데이비드는 학부 시절에 짧게 알고 지낸 게 전부였다. 차단할 수고도 아까워 그냥 내버려뒀을 정도로 정말 아무 사이도 아니었다.

그런데 고작 그 댓글 하나로, 간신히 무마되었던 대구 스테이크의 제2차전이 발발하고 말았다.

그는 예고한 날짜에 돌아왔다. 나는 평소처럼 아기와 함께 현관으로 마중나갔다. 우리 현우는 돌 전부터 서툴게 뛰어다

넜고 이젠 제법 단어를 말했다.

"빠아!"

"현우야!"

두두두두. 현우가 비틀거리는 미사일처럼 달려가 그의 품에 안겨들었다. 무릎을 꿇고, 팔을 벌리고 있던 현진이가 우리 아기를 안고 여기저기 입을 맞췄다. 나는 뒤에서 흐뭇하게 부자 상봉을 바라보았다.

"현우야. 아빠 잘 다녀오셨어요, 해야지."

"빠아, 자셔쪄요!"

"아빠 고생 많으셨어요."

"빠아, 고셔쪄요!"

어설프게 내 말을 따라 하며 현우가 키득거렸다. 정신없이 아기에게 뽀뽀하는 그에게 들으라고, 나는 넌지시 말을 보탰다.

"엄마도 아빠가 넘넘 보고 싶었대요."

"……"

"엄마도 아빠 넘넘 사랑한대요."

귀여운 우리 아기 뒤통수 위에서 싸늘한 시선이 날아왔다. 현우한테 묻어가려던 내 노력은 장렬히 실패했다. 말없이 날 노려보는 그의 시선에서 데이비드 사태를 절대 그냥 넘어가지 않겠다는 굳은 다짐이 엿보였다.

"현우야, 아빠랑 들어가자."

예상대로 권현진은 아기를 안고 나를 쓱 지나쳤다.

"현우 아직 식사 전인가요?"

"예, 이제 막 먹이려고 했는데 전무님이 퇴근하셔서……"

"그럼 저희 아기 저녁 좀 챙겨주세요."

나에게 물어봐도 될 것을 고용인에게 묻고는, 현우를 아기 의자에 앉혔다.

"빠아. 맘마. 맘마!"

아빠도 같이 먹잔다. 그가 상체를 숙이고 현우와 눈높이를 맞췄다. 평소처럼 자상한 목소리가 흘러나왔다.

"현우야, 아빠는 맘마 안 먹어요. 입맛이 없어요."

"맘마?"

"아빠는 비행기에서 먹고 왔어요. 슈우웅. 우리 현우 비행기 알지? 슈웅, 비행기."

"슈우웅. 뱅기!"

"그렇지. 비행기. 우리 현우 똑똑하네. 누굴 닮아서 이렇게 똑똑한가? 엄마겠지, 그치? 왜냐면 엄마는 기억력이 좋거든. 엄마는 남자친구도 너무너무 많아요. 참 좋겠다. 그치?"

말에 어쩐지 가시가 느껴진다. 아기와 나누는 대화가, 아무래도 나 들으라고 하는 소리 같았다.

"엄마아! 맘마!"

"현우야, 엄마도 지금 맘마 못 먹어요. 왜냐면 아빠가요, 엄마랑 둘이 할 얘기가 있어요."

"엄마랑?"

"네에, 엄마랑 아빠랑. 현우야. 우리 현우는 누나 만나지 마. 알았지? 너무 예쁜 여자도 좋아하면 안 돼요."

현우 머리를 쓰다듬어주면서 그가 다정하게 웃었다. 말도 안 통하는 아기랑 대체 뭐하는 짓이야. 어이가 없어서 좀 지켜봤다.

"누가 놀이터에서 너 잘생겼다고 해도 절대 넘어가면 안 되는 거야. 슬러시 사준다고 꼬셔도 절대 따라가면 안 돼. 우리 현우 알았쪄요?"

"알아쪄."

"우리 현우는 피아노도 배우지 마. 그거 다 쓸모없다. 괜히 힘들게 건반 쳐봐야 손가락만 아파요. 그냥 미술랭 가서 스테이크나 사주면 되는 거야. 스테이크. 꼭 기억해, 알았지? 아빠가 아주 처절하게 배운 건데, 우리 현우한테만 알려주는 거야. 대구 스테이크."

"권현진. 그만해라."

거기까지 듣고 그를 안방으로 끌어냈다.

"애한테 별소릴 다 해, 진짜."

"억울해서 그런다. 왜."

아기하고 언제 웃고 떠들었냐는 듯 그가 날 노려보았다. 따스한 침실이 갑자기 빙판 한가운데처럼 서늘했다.

"왜 거짓말하는데."

"내가 언제 거짓말했어."

"나 말고 아무도 안 만났다. 기억 안 난다. 연락도 안 한다."

넥타이를 끄른 그가 머리를 쓸어넘기더니 길게 한숨을 내쉬곤 날 돌아봤다.

"그게 다 거짓말 아니고 뭔데."

"아니, 옛날 옛적에 같이 밥 한번 먹은 걸…… 그래, 알았어. 그게 데이트였다고 치자."

당시에는 권현진과 헤어진 상태였고 만나는 사람도 없었

다. 그래서 근사한 곳에서 같이 밥 먹자는 제안을 거절하지 않았다. 쉽게 널 잊고 다른 누군가와 타오를 수 있다면 차라리 다행이다 싶었고, 부디 내가 그럴 수 있기를 기도했다. 결국엔 다 실패였지만.

"그래서 뭐. 밥 먹고 데이트했을 수도 있지. 그렇다고 내가 손을 잡았어, 포옹을 했어? 생각할수록 억울하네. 과거 일을 계속 들춰내서 뭐 어쩌자는 거야, 권현진."

딴 남자랑 스킨십이라도 해봤으면 내가 억울하지도 않겠다.

"누가 어떻게 한대? 그냥 열받는다 이거지……"

"현진아."

"나는 앙탈도 못 부리냐?"

내가 성을 내자 역으로 그가 수그러들었다.

"내가 당장 네 옆에 있을 수 있는 것도 아니고, 질투나서 미치겠는데! 나 이제 출장 안 가."

뒷말이 너무 애 같아서 웃음이 터졌다. 어이가 없어서. 재는 현우랑 붙어 있을 때는 어른처럼 자상한데 나랑 단둘일 때면 저렇게 어린애 같다.

"이 기회에 제대로 한번 들어보자, 이나희. 듣고 다 털어

내게.”

“뭘 들어봐?”

“데이비드, 나카무라, 안드레. 더 있냐? 더 있어?”

한숨과 함께 머리칼을 쓸어올린 그가 허리춤을 짚었다.

“나희야, 말해봐. 괜찮아. 나도 전부 말해줄게.”

퍽 당당한 자세였다. 정말 다 말해줄 것 같았다.

아니, 잠깐만. 다 말해준다고? 권현진. 너는 아무도 없었다며. 분명 나 말고는 여자가 없었다고 했는데. 내가 모르는 누군가 있었던 거야? 갑자기 역지사지가 되자 가슴이 막 두근거렸다. 현진이가 내 SNS에서 Dave_Kim의 댓글을 처음 발견했을 때 이런 기분이었을까? 손끝이 불안하게 흔들렸다. 내가 모르는 그의 과거가 알고 싶다.

“데이비드부터 얘기해봐. 진짜 그 새끼야? 그 새끼랑 데이트했어?”

“그냥……”

“어, 그냥 뭐? 말해봐, 나희야. 나도 다 얘기할게. 말해줄게.”

그가 금광을 발견한 업자처럼 급하게 내 손을 끌고 침대에 앉혔다. 그러곤 다정스레 고개를 수그리며 내 쪽으로 파고들었다.

"빨리, 나희야."

투명한 눈동자에 맹목적인 기운이 서렸다. 기습에 놀란 나는 그물에 걸린 물고기처럼 퍼덕거렸다.

"그…… 그냥 밥을 몇 번 같이 먹긴 했는데."

"밥? 단둘이 밥만 먹었어? 뭐 먹었는데. 언제. 점심? 아님 저녁? 아, 괜찮아. 다 말해봐."

낚였다. 그의 과거를 알고 싶은 호기심과 당황스러움에 입술이 저절로 움직였다. 데이비드의 사촌이 한식당을 오픈했는데 맛이 괜찮다며 같이 먹으러 가지 않겠느냐고 했다. 메뉴가 획일적이지 않고 꽤 컨템퍼러리하다고 했다.

"아. 김치볶음밥이 맛있었어. 그치. 응, 오랜만에 먹었으니까. 진짜 맛있었겠네. 응응. 그래서 그거만 먹고 바로 헤어졌어?"

"밥 먹었으니까 디저트 먹자고……"

"아아, 디저트. 그치. 디저트를 드셔야지."

올라간 그의 입꼬리가 부들부들 떨렸다. 내 이야기가 재밌다기보다는 어이가 없는 것 같았다.

"어디서. 어디서 먹었는데. 데이트하는 데서? 여자들 좋아하는 식당? 아, 약간 분위기 있는. 어, 어. 뭐. 와인도 마시고. 아, 와인은 그냥 가볍게 한잔?"

현진이가 하하 웃었다. 얘가 웃고는 있는데 눈동자에 타오르는 불꽃이 맺혔다. 그만 말해야겠다.

"아니야, 아니야. 나희야. 나 안 열받았어. 진짜 괜찮아. 계속 말해봐."

"그…… 너도 다 말해줄 거지?"

"말할게. 이따가 다 얘기할게. 약속. 응, 도장 꾹."

새끼손가락을 걸고 엄지손가락 도장도 찍었다. 현우랑 하는 걸 나랑 하고 앉았다.

"약속했다?"

"응응. 당연하지. 당연히 나도 다 얘기할게. 우리 이번에 다 털어내고 이걸로 더는 싸우지 말자. 얼른, 응? 그래서. 밥 먹고, 와인이랑 디저트 먹고. 그리고 또 뭐했는데."

"그냥…… 같이 저녁 먹었으니까."

"저녁 먹었으니까?"

"집에 데려다주고……"

"아, 집에 데려다줬어. 그 새끼가 차로? 옆자리? 네가 그 새끼 옆자리에 앉아서?"

그가 믿기지 않는다는 듯이 되물었다.

"둘이, 나란히 앉아서? 아, 화 안 났지. 진짜. 어, 듣고 있어. 그리고? 어…… 사귀자고?"

갑자기 언성이 확 높아졌다. 내 어깨를 잡은 손에 힘이 들어갔다.

"사귀자 했다고? 그 개새끼가?"

"화 안 났다며."

"어, 나 화 안 났는데…… 아니, 화난 게 아니라…… 아니, 너 같으면 이런 소리 듣고 열 안 받냐?"

귀까지 벌게진 권현진이 씩씩거렸다. 나랑 눈싸움을 이어가다가 벅벅 마른세수를 했다.

"사귀자고 너한테 고백까지 했던 새끼를 계속 알고 지내셨어."

"그…… 마음이 다 정리가 됐다고 해서."

"야. 개수작인 걸 몰라? 그걸 모르냐고! 진짜 돌아가시겠네!"

좁은 동네에 많지도 않은 한국인이다. 고백받았다고 하루아침에 모른 척하고 지내기는 쉽지 않았다. 실제로 데이비드는 다른 사람을 사귀기도 했다. 그렇게 오랫동안 얄팍하게 알고 지내다가 미슐랭 식당에 한번 같이 갔다.

다 옛날 일인데 그게 그렇게도 질투가 나는지. 현진이는 팔을 뒤로해서 몸을 기대고는 멍하니 천장을 응시했다.

"완전 고문이네, 이거."

"나 말 안 할래."

"그래. 차라리 말하지 마라. 나도 안 듣는 게 낫겠다."

그가 마음을 진정시키듯 조용히 숨을 내쉬었다. 눈만 껌뻑이다가 다시 나를 확 째려보았다.

"너 그래서 뭐라고 했는데. 그 새끼가 사귀자고 해서 넌 뭐라고 했어."

표적을 되찾고 돌진하는 탱크 같았다.

"더 안 듣겠다며."

"아니 뭐라고 했냐고. 그거만 말해봐."

"그냥 솔직하게 말했지."

"솔직하게 뭐라고."

말이 끝나기 무섭게 몰아붙인다. 보아하니 이게 끝이 아닐 것 같았다. 하지만 애가 저렇게 희번덕거리는 눈으로 쳐다보는데 차마 입을 다물고 있을 수가 없었다.

"이성으로 느껴진 적 없다고 말했어."

"씨…… 진짜 없는 거 맞아?"

죽어라 성질만 부리는 줄 알았는데, 이제 보니 눈망울이 그렁그렁했다. 이럴 땐 남자가 아니라 소년 같았다. 열여덟의 그 유치하고 미성숙했던 사춘기 소년.

"없지, 그럼."

"확실하게 거절한 거야?"

"확실하게 거절했지."

나는 진지하게 고개를 끄덕였다. 그 대답을 듣고 안심하나 싶더니 갑자기 내 어깨에 고개를 비비적거렸다.

"진짜. 너 진짜 짜증나. 이나희."

내가 밥 한번 같이 먹었다고, 옆자리에 앉아서 차 좀 얻어 타고 갔다고 그게 저렇게까지 서러워할 일인가.

"이제 자기 차례. 데이트 몇 번 했어."

"뭘."

"자기도 말해주기로 했잖아. 데이트 몇 번 했어. 빨리 말해."

"난 없어. 난 안 했어!"

"뭐야, 과거에 누군가 있었던 것처럼 말했잖아."

"내가 언제 여자 있었던 것처럼 말했냐? 과거를 다 말한다고 했지."

"그러니까 여보도 다 얘기해보라고."

"지금 말하잖아. 너밖에 없었다고. 그게 내 과거야."

"그러지 말고 솔직하게 말해봐. 나만 당하니까 억울하다, 자기야. 데이트 몇 번 했어. 누구랑 어디 가서 뭐했어, 어? 육하원칙에 딱 맞게 말해."

"아니, 아무것도 없었다고요. 나는 클린 그 자체라고요."

"웃겨. 너 나한테 제주도에서 와인 먹자고 할 때부터 심상치 않았어. 이거 여자들이 좋아하는 와인이라고 그러면서 막."

"보틀 숍에서 추천받은 그대로 말한 거야. 내 인생에 너 말고 누가 있냐? 여자라곤 이나희 너밖에 없어!"

"진짜 이럴래? 나는 지나가다 밥 먹은 것까지 다 말했는데!"

말렸다. 속았어. 억울하다. 그가 자주 그러듯이 나도 열심히 째려봤다. 왜. 뭐. 맨날 너만 레이저 쏘지? 나도 레이저 쏠 줄 아는 사람이거든, 권현진. 같이 째려보면 네가 어쩔 건데.

"난 밥도 혼자 처먹었다. 됐냐?"

"여보. 우리 서로 솔직하게 말하자며. 오늘 다 털어버리자며."

"내가 너 말고 딴 여자랑 밥 먹을 일이 뭐가 있는데. 없어서 없다고 말하는데, 뭐 어떡하라고. 없는 과거를 가짜로 만들어서 있다고 하냐?"

눈싸움으로 서로 노려보던 그가 속 터진다고 안방을 박차고 나갔다.

"현우야! 아빠랑 놀자!"

"엄마느은?"

"으응, 엄마는 바빠요. 미슐랭 스테이크가 생각나서요, 드시러 가신대요. 심지어 그게 맛있었단다. 우리 현우 믿어지니? 아빠는 안 믿겨요."

"스테쿠!"

"으응, 스테이크. 맛있는 스테이크예요."

"빠. 빠아. 빙구."

"응, 빙글빙글. 아빠 대가리가 빙글빙글. 열받아서 빙글빙글."

"빙구빙구!"

"현우야. 엄마한테 물어볼까? 엄마, 생선이 목구멍으로 넘어갔어요? 아하, 심지어 맛있었구나! 네에, 멍멍이 소리 아주 잘 들었습니다."

현우는 비행기 장난감을 들고, 현진이는 아기를 안고 조잘조잘. 둘이서 그러고 놀고 있었다. 누가 앤지 대화만 듣고서는 모를 지경이다.

"너 진짜 현우보다 더 유치하다, 권현진."

"네에, 아빠 개유치하니까 말 걸지 마세요오. 현우야, 엄마한테 인사하자. 빠이빠이. 좋아하는 대구 너나 많이 처드세요. 엄마한테 손 흔들어주자. 엄마 빠이빠이."

"마! 빠빠이."

"아빠는 오늘 엄마랑 안 잘 거래요. 현우랑 둘이 잘 거래요. 그치, 현우야. 슈우웅."

"슈웅."

완전 삐쳤구나. 나를 쳐다도 안 보고 말하는 꼴을 보아하니 그랬다. 황당해서 말이 안 나온다. 솔직히 좀…… 귀엽기도 하고. 어쩔 수 없다. 저런 모습마저 귀여워 보이니까, 정말 끝이지 뭐. 어쩌겠어, 죽을 때까지 데리고 살아야지.

며칠 만에 만난 아빠랑 아들이 대화 좀 나누라고 그냥 내버려뒀다. 어차피 저 남자는 현우 재우자마자 우리 침대로 기어들어올 게 뻔하니까.

"나희야. 자?"

모로 누운 내 등에 그가 코알라처럼 달라붙었다.

"자기야. 지금 자는 거야? 여보, 자기, 이나희씨. 우리 애기. 예쁜아. 저기요, 주무세요? 아직 9시밖에 안 됐는데요. 진짜 잠들었어요, 남편도 없이?"

속삭이는 목소리가 간절하기 짝이 없다. 이 남자를 정말 어쩜 좋아.

나도 나지만 너도 참 너다, 권현진. 얘는 어쩜 이렇게 내 예상을 벗어나지 않지? 깜찍한 짓거리에 어이가 없어 웃음만 나온다. 웃겨 죽겠다, 정말.

"저기요, 이나희 교수님. 지금 입꼬리가 막 들썩들썩 탭댄스를 추시는데요."

아, 들켰다.

"여보. 자기야, 우리 며칠 만에 보는데. 정말 그냥 주무시려고요? 잘생긴 남편도 옆에 없는데, 잠이 와?"

요망한 손이 내 아랫배를 더듬는다. 부드럽고 조심스럽게. 그러나 분명한 의도를 품고.

"오늘 그날 아니잖아, 그치. 끝났지?"

제발 아니기를 기도하는 목소리였다. 나는 여전히 잠든 척 자연스럽게 뒤척이며 그의 손을 떼어냈다. 하지만 끈질긴 남자는 이대로 물러서지 않았다.

"알았어. 그래. 어디 계속 자는 척해봐."

권현진은 알고 있는 게 분명했다. 본인이 어떤 목소리를 낼 때 내가 흥분하는지.

"깼어?"

눈을 예쁘게 접어가면서 웃는 모습이 꼭 불여우 같다.

"아까 짜증내서 미안."

우리 현우가 웃는 얼굴이 정말 예쁜데, 지금 보니 제대로 아빠 판박이였다.

"너 이럴 땐 사과가 되게 빠르다."

"이나희를 내가 어떻게 이겨. 당연히 내가 잘못했지."

"그러니까 나한테 되지도 않을 거 왜 자꾸 덤벼, 권현진. 누나가 놀아주니까 재밌어?"

"네. 재밌어요."

피식 웃어버렸다. 내가 풀어진 걸 알고는 그가 본격적으로 움직였다.

"나희야, 우리 더 재밌는 거 할까?"

"지금 현우……"

"현우 자. 지금 산타할아버지가 업어가도 몰라. 나랑 공놀이하고, 칙칙폭폭하고, 퍼즐 맞추고, 블록 쌓았어. 책도 세 권이나 읽어줬다. 애가 먼저 꾸벅꾸벅 졸더라. 이제 자기가 나랑 놀아줘야지."

"현진아. 너 오늘 한국 왔잖아. 안 피곤해?"

"피곤은 무슨. 애 상태를 좀 봐라, 어? 피곤하게 생겼냐고. 열흘이나 주인님을 못 뵙고 굶었는데. 오늘 뽀뽀도 제대로 한번 못했다."

진짜 잘생겼네. 이 남자는 정말 얼굴을 덕을 톡톡히 본다. 생긴 게 저러니 받아주지, 안 그럼 저 성질머리 어떻게 감당해. 나도 모르게 그런 감상에 빠져 있는데 몸이 쑤욱 아래로 끌려내려갔다.

"베개 좀 치워보지? 이나희 얼굴 보려고 봉사하는 건데."

"봉사 안 해도 되거든. 하지 마. 비켜."

"누나, 농담인데요."

장난을 거는 목소리를 듣자 하니 어지간히 기분이 좋은 듯했다. 현우도 깊이 잠들었겠다, 오랜만에 진득하게 놀고 싶은 모양이다. 그가 내 볼에다가 쪽쪽 입을 맞췄다.

그래, 뭐. 출장도 길었고. 까짓거 누나가 좀 놀아준다. 들떠 있는 남편에게 하룻밤 정도는 맞춰주기로 했다.

"그렇게 둘째 갖고 싶어?"

명확한 대답 대신 나는 고개를 끄덕였다. 한입으로 두말하기 민망하기도 하고, 내 마음이 왜 변했는지 나도 이유를 모르기 때문이었다. 처음 복덩이를 낳았을 때는 이 아기가 내 인생에 마지막이라고 생각했다. 더는 없을 거라고 믿어 의심치 않았다. 하지만 시간이 지날수록 내 안에 어떤 초조함이 깃들었다. 현우가 정말 마지막이라면. 그럼 어떡하지?

현진이가 가족 계획에 너무 철저한 탓도 있었다. 우리에겐 미필적 고의의 여지가 없었다. 계획하지 않고서는 절대로, 순간의 실수로는 절대 나를 임신시키지 않겠다는 결의가 너무 확고했다.

"장모님이 부채질해서 그런 건 아니고?"

"아냐. 내가 먼저 엄마한테 흘렸어. 둘째 갖고 싶다고."

"너 또 신경쓸 거 아니야. 매일 테스트기 하면서 초조해하고. 자책하고. 그러는 거 보기 싫어."

임신하고서 열 달은 뭐 쉽냐? 낳는 건 어디 쉽냐고. 조목조목 따져드는 그의 말이 구구절절 옳아서 할말이 없었다. 그래, 맞다. 이거저거 다 따지면 애 낳을 생각 못하지. 그게 맞지. 근데 내 마음이 또 원한다. 권현진, 널 닮은 아기를.

"네가 힘들어하는 거, 그게 너무 싫어서 그래."

"현진아. 넌 둘째 안 갖고 싶어? 나 닮은 딸 안 보고 싶어?"

"네가 있는데 너 닮은 딸이 나한테 왜 필요해. 그리고 딸이라는 보장은 또 어디 있는데."

"우리 현우가 아들이니까 둘째는 딸이지 않을까? 확률적으로……"

고개를 젖혀서 쳐다보는데, 그가 나를 퍽 한심하게 내려다보았다. 짧은 한숨이 눈썹 위로 내려앉았다. 젖은 내 머리카락을 쓸어올리고, 이마에 입을 맞추며 그가 중얼거렸다.

"하나만 갖기로 합의했으면서 왜 자꾸 그래. MBA 딴다며. 둘째 가질 시간이 어딨어."

"그러니까. 난 이제 시간이 없다고, 현진아."

지금이 마지막 기회였다. 배 부른 채로 대학원에 다니는 것보단 입학을 미루는 게 훨씬 나았다.

"나희야. 네가 이렇게 계속 흔들리니까 내가 수술 날짜를 못 잡잖아."

그놈의 정관 수술 얘기만 나오면 심장이 덜컹거렸다.

"나한테 말없이 몰래 수술하고 오면 안 돼. 그럼 진짜 화낼 거야."

"내가 너냐? 나는 말 잘 듣거든요."

그건 그렇긴 하지.

"현진아아, 응? 응? 자기야. 여보야."

나는 조르듯이 그의 팔을 흔들었다. 간절하게 올려다보자 픽 난감하게 눈가를 찡그렸다. 좁힌 미간을 문지르다가 어쩔 수 없다는 듯 그가 합의안을 내밀었다.

"아…… 그럼 3개월만 해보든가."

가을의 초입이다. 3개월 뒤에는 해가 넘어간다.

"나 내년에는 무조건 수술받는다. 딱 세 달만 노력해보고, 그 안에 가망 없으면 현우만 열심히 키우자. 안 되면 깔끔하게 포기하는 걸로?"

"좋아."

노력이라곤 했지만 실상 내게 미련을 남기지 않으려는 제안이었다.

"연말에 나 바빠. 출장도 못 빼. 알지?"

"응."

요즘 그 초대형 리조트 건으로 눈코 뜰 새 없었다. 원체 출장이 잦았지만 최근에는 더했다.

"혼자 병원 가고, 나 없을 때 테스트기 해보고, 불안해하고, 그러기 없기. 약속. 내가 걱정할 일은 하지 말기."

"약속."

손가락 걸고 지장을 찍는 순간 지척에서 시선이 얽혔다. 한쪽 눈썹이 치켜올라갔다. 감춰둔 정염을 발산하듯 눈동자가 위험한 빛으로 번득였다.

"너 진짜 여우 같다, 이나희. 그냥 여우도 아니고 꼬리 아홉 개 달린 거. 구미호."

"너도 마찬가지거든요."

"너만큼은 아니거든요."

우리는 누가 먼저랄 것도 없이 키득거리며 유치한 말싸움을 끝냈다.

그러길 어느 날 새벽, 나는 신기한 꿈을 꿨다.

“그 꿈에 길쭉한 빌딩이 두 개가 나왔다고? 그게 인천에 있었어?”

“응. 이건 그린 타워고, 저건 블루 타워야. 네가 하나씩 손으로 가리키면서 나한테 그렇게 말해주던데.”

내 꿈의 내용을 들은 현진이가 놀랍다는 듯이 감탄했다.

“와, 그거 우리 리조트잖아. 아틀란티스.”

그린 타워, 블루 타워. 가칭으로 그렇게 부르고 있단다. 골프장 뷰의 그린 타워, 오션 뷰의 블루 타워.

쌍둥이 건물이 올라간 동북아 최대 규모의 리조트, 아틀란티스. 사업 수주에 권진 건설이 공을 들이는 건 나도 알고 있었다. 하지만 맹세코 빌딩 이름까지는 몰랐다.

“나희야. 혹시 내가 자다가 잠꼬대한 걸 네가 주워들은 게 아닐까?”

“내가 자기보다 일찍 일어나는 날이 어딨어.”

“아, 그러네.”

현진이는 의외로 생활 습관이 건실하다. 6시 전에 자기가 알아서 일어나서 알람을 끄기 때문에 나는 여태껏 한번도 벨이 울리는 소리를 듣지 못했다.

"뭐지. 진짜 신기하네. 잘은 몰라도 뭔가 좋은 징조 같은데?"

"꼭 그랬으면 좋겠다, 자기야."

티는 안 내지만 그는 요즘 일 때문에 스트레스를 받고 있다. 출근이 빨라지고, 퇴근은 늦어졌다는 사실이 바로 그 증거였다. 현진이가 참 착하다고 생각하는 게 그런 부분이었다. 나한테는 일과 관련해서 조금도 내색하지 않는다. 집안 얘기도 마찬가지였다. 내가 캐묻지 않는 이상 권씨 일가를 입 밖에 내지 않는다. 할 도리는 자기가 다 알아서 하고, 우리 사이에는 나와 현우가 전부였다. 회사도, 집안도, 권진 그룹도. 내가 궁금해하지 않으면 우리 대화에 끌어들이지 않는다. 심지어 부모님 성묘도 처음에는 자기 혼자 가려고 했었다.

예전 같으면 서운했겠지만 이젠 권현진이란 남자를 내가 좀 안다. 나와 티격태격할 때는 우리가 어리던 그때 그 연애 시절의 장난스러운 소년 같다가도 행동은 전혀 그렇지 않았다. 어쩔 땐 나보다 더 어른스럽다. 그는 나를 걱정시키거나, 불안하게 하거나, 슬프게 하지 않는다. 그러려고 열심히 노력하고 행동으로 보여준다. 사포처럼 거칠어 보여도 사실은 세상에서 제일 착하고 다정한 남자가 바로 내 남편이다.

"어떡하냐. 이나희 때문에 막 두근거리네. 설레발치면 안 되는데."

혼자 익숙하게 넥타이를 조이는 모습이 근사하다. 워낙 몸이 좋아서인지 슈트를 입으면 갑옷을 걸친 전사처럼 잘 어울렸다. 빳빳한 흰 셔츠 깃 아래로 내가 골라준 타이를 조절하면서 그가 거울로 나를 응시했다.

"여보, 오늘 중요한 날이야?"

"뭐 약간?"

"현우야, 아빠 뽀뽀해드리자. 아빠, 조심히 잘 다녀오세요."

"자다쎄요오!"

그가 내게 안겨 있던 현우를 밭에서 무 뽑듯 쑥 데려갔다.

"아들 이제 무거워. 엄마한테서 내려와."

"아빠아!"

제 아빠한테 헹가래를 당하고, 그것도 모자라 쪽쪽쪽쪽 뽀뽀를 연타당했다. 남자애라서 그런지 애정 표현이 거칠수록 좋아한다. 꺄르르 웃는 소리가 드레스 룸에 가득했다.

나는 그 모습을 흐뭇하게 지켜보았다. 한바탕 뒤집어지게 웃음보를 터뜨린 현우가 내 다리에 대롱대롱 매달렸다.

"둘이 뭐냐. 귀엽다, 진짜."

재킷을 걸쳐입으면서 그가 우릴 보고 픽 웃었다. 나는 현우에게 속삭였다.

"현우야, 아빠가 우리 현우 귀엽대."

"우리 현우 말고 우리 나희가 귀엽다고 했는데요."

그러곤 자연스럽게 내게 입을 맞추고 현관으로 향했다. 은근히 서두르는 걸 보아하니 뭐가 있긴 있는 것 같았다.

"나희야. 큰일났어."

출근 직전에 갑자기 돌아선 그가 내 손을 잡아끌었다. 심장이 있는 왼쪽 가슴 위에 내 손을 올리곤 귀엽게도 입술을 내밀었다.

"막 두근거려. 이러고 물먹으면 기분 더러울 것 같은데."

"어떡해. 내가 꿈 얘기를 괜히 했나봐. 나 그거 리조트인 줄 모르고 말했어."

"괜찮아. 잘되든 아니든 뭐, 국내 사업권이라 내 실적도 아니야. 춥다, 나희야. 갈게. 얼른 들어가."

그가 아무렇지 않게 장난치면서 깍지 낀 손을 흔들었다.

겹쳐진 우리의 결혼반지가 첫눈이 내린 겨울 햇살 아래 반짝였다.

〈권진 건설 '아틀란티스' 비밀을 벗는다〉

〈'한국의 라스베이거스' 권진 건설, 연이은 호재〉

〈권진 건설의 화려한 '부활' 국내외 경쟁력 입증〉

〈권진가 그룹 성공적인 계열 분리, 시장 우위의 비결 주춧돌〉

잭팟이었다. 연달아 기사가 터졌다.

아틀란티스 리조트는 외국인 전용 카지노를 겸비한 복합 엔터테인먼트 사업이었다. 권진 건설이 결국 그 시공을 맡게 되면서 국내는 물론 해외에서도 이목이 집중되었다. 문체부에서 카지노 운영 허가까지 받아내 수주에 성공한 권진 건설에 스포트라이트가 가는 건 당연한 일이었다.

"놀랍지도 않지. 이나희가 내 행운의 여신인데. 그 꿈이 어디 보통 꿈인가."

그는 언제 긴장했었냐는 듯 너스레를 떨었다. 그런데 그

모습마저 우습지 않을 정도로 결과물이 정말 대단했다.

"현진아. 너 진짜 멋있다."

엄마조차도 지금 뉴스에 나오는 게 권 서방이 맞냐고 전화할 정도였다. 그만큼 대대적으로 보도가 되었다.

"내 남편 아닌 것 같아."

"네 남편 맞거든요."

그의 지휘 아래서 권진 건설이 유례없는 역사를 써내려가고 있었다.

"좋은 소식 또 있지롱."

나는 자꾸만 가슴에 엉겨붙는 그를 밀어냈다. 그가 얼굴을 묻은 채로 시선을 올렸다. 눈가를 찌푸리며 의아해하면서도 다행히 순순하게 물러났다.

"남편한테 포상 좀 주라, 어?"

"지금은 안 돼. 위험할 수도 있어."

"어…… 어?"

금방 뉘앙스를 알아들은 그가 '헉' 소리를 냈다. 단번에 눈이 커다래졌다. 저 바보 같은 표정 진짜 오랜만에 본다. 우리 복덩이를 처음 가졌을 때도 저랬다. 또 눈물이 그렁그렁하네. 울보.

"진짜야? 맞아?"

"응. 5주."

"아, 나희야……"

저도 모르게 나를 덮치듯이 확 끌어안은 현진이가 놀라서 몸을 일으켰다.

"안 돼, 안 돼. 놀라게 하면 안 되지. 둘째 괜찮아? 둘째 놀란 거 아니야?"

"괜찮대. 자기보다 아빠가 더 놀란 것 같대."

"아빠 놀랐지. 엄청 놀랐지. 이렇게 빨리?"

"자기야, 솔직히……"

시도를 많이 했다. 3개월이란 시간이 주어지고부터 최종 목적은 임신이었지만 사실은 핑계가 아니었나 싶었을 정도로 둘 다 불타올랐다. 신혼 때보다 더 서로에게 달려들었다. 늘 먼저 나가떨어졌지만 추파는 나도 열심히 던졌다.

"아, 나 진짜 고민 많이 했다. 내년에 수술해야 하나 말아야 하나. 날짜는 일단 잡았는데 네가 또 말릴 것 같아서."

"권현진. 너 그거 나랑 상의하기로……"

"그래서 지금 실토하잖아. 우리 둘째 얼굴 좀 보자. 오구구, 둘째야. 아빠야, 아빠."

더 혼나기 전에 급하게 말을 돌린다. 하여튼 권현진, 너무 뻔하지. 어쨌거나 근래 고생한 그에게 선물을 줄 수 있어서 나도 기뻤다. 그의 의도대로 장난에 맞춰주기로 했다.

"둘째야, 아빠 잘생겼지? 이거 너희 엄마가 좋아하는 얼굴이야. 둘째도 많이 봐."

니트를 들추고, 편편한 내 아랫배를 빤히 쳐다보는 남자의 얼굴이 세상 진지했다. 귀도 대보고, 입술도 맞추고.

"우리 둘째 얼굴 보여?"

"어. 너 닮았네."

"아들이야, 딸이야?"

"모르겠는데."

"나 닮았으면 딸 아니야?"

"몰라요. 아빤 둘 다 좋아요. 사랑해요, 쪽쪽쪽."

곧장 나온 답변에 망설임이 없었다. 나는 우리 남편이 아들을 원하는지 딸을 원하는지 알 수가 없었다. 복덩이 임신 전부터 그랬다.

"너 어떻게 한번을 안 넘어가?"

"뭘요. 내가 또 뭐 잘못했는데."

"아니, 지금 혼내는 거 아니야."

권현진은 죽어도 티를 안 낸다. 아들이건 딸이건 개인적인 기호가 분명히 있긴 있을 텐데. 내가 서운해할까봐, 태어날 우리 아기가 들을까봐 어느 한쪽의 성별을 치우쳐서 말한 적이 없었다. 그것도 착한 부분이었다.

"병원 혼자 갔어? 내가 같이 가줘야 하는데…… 나희야, 미안해."

"아냐. 황 관장님이랑 같이 갔어."

"할머니하고?"

"응."

내가 관장님과 종종 만나는 건 알았지만 우리가 그 정도로 가깝다고는 상상을 못한 눈치였다. 할말이 많은 눈으로 그가 나를 오랫동안 바라봤다.

"안 불편했어?"

"불편하긴 뭐가 불편해. 관장님이 나 예쁘게 봐주셨어. 뵐 때마다 좋아. 편하게 같이 맛있는 거 먹고. 되게 잘해주셔."

"너는 하여튼…… 맛있는 거 사주면 다 좋은 사람이지?"

"응. 나 그냥 단순하게 살 거야. 그게 최고야."

"맞네. 이나희가 최고다. 나희 최고."

장난스럽게 코를 부딪치다가 내게 자잘한 뽀뽀를 해댔다.

"여보 다음주에는 시간 낼 수 있어?"

"내야지. 당연히 내야지."

"검사할 게 전보다 좀 많아."

현우를 임신했을 때부터 같이 내원했었기에 그 역시 부인과 검진을 알고 있었다. 검사할 게 많다는 건 좋은 소식이 아니었다.

"자기야, 너무 놀라지 마."

"왜. 뭔데."

그가 진지하게 몸을 일으켜 앉았다. 실시간으로 표정이 굳어갔다.

"아기집이 두 개가 보인대."

"어?"

"쌍둥이일지도 몰라."

"어어?"

사람 눈알이 튀어나올 것처럼 놀란다는 게 이런 건가. 휘둥그레진 그가 입을 떡 벌렸다.

처음 황 관장님을 만난 건 밀라노 디자인 위크에서였다. 진짜 우연이었다. 우리 결혼식에서는 길게 얘기할 시간이 없었다. 현진이가 그럴 틈도 주지 않았다. 이후로 나에게 따로 연락 온 적도 없었다. 아무래도 남편 선에서 커트된 것 같지만, 같은 업계에선 전설적인 인물이라 한번쯤 관장님과 이야기를 나눠보고 싶었다.

그런데 디자인 위크에서 황 관장님을 뵙고 놀란 건, 그 연세에도 여전히 현역이라는 거. 정말 순수하게 그게 제일 놀라웠다. 나도 오랫동안 일하고 싶다. 기왕 발을 들인 거, 이 업계에서 오래 버티고 싶다. 그 어떤 것보다 그 말이 먼저 나왔다. 아니, 내 안에서 터져나왔다는 게 옳다. 그걸 듣고는 관장님이 그러는 것이다.

"비법이 뭔지 아니?"

비법이 정말 있어요? 하고 되물었더니 관장님이 아주 고상하게 웃으시면서 그랬다.

"네가 이사장 하면 돼."

갤러리를 소유한 재단의 이사장. 지분을 가장 많이 가진 실소유주. 미술관의 주인은 제 발로 나가기 전에는 퇴직할 일이 없다. 너무 당연한 소리 같지만, 그렇다. 오너가 되면 평생 일할 수 있다.

디자인 위크 이후로 관장님에게서 몇 번 연락이 왔다. 남편한테는 비밀로 하고 함께 밥을 먹었다. 나를 리황으로 부르기도 했다. 그쯤에는 현진이도 우리가 따로 만나는 걸 알게 되었다. 그러다 얼마 전 제안을 받았다.

"계속 학교에 있지 말고, 미술관으로 오는 게 어떠니?"

내가 갤러리에 있는 게 장기적으로는 남편한테도 도움이 될 거라고 했다. 그러곤 여러 루트를 설명해주었다. 나는 감히 상상도 해본 적 없는 미래였다. 들어보니 우선 예술경영 과정으로 MBA부터 따는 게 좋을 것 같았다.

그 집에서 자란 현진이가 어떻게 그런 성격인가 했는데, 관장님이 비슷했다. 긴장하면 유머로 달래고, 내게 부담은 주지 않으면서 길의 방향을 알려주었다. 다정한 서포터였다.

임신을 알게 된 그날도 리황의 관장 내실에서 같이 다과를 하다가 내게 검진을 권하셨다.

"관장님 덕분에 빨리 알았지."

"우리 할머니 짓궂은데."

"누구 덕분에 단련이 돼 있어서 괜찮아."

"그 누구가 혹시 우리 신통이 방통이 아빠야?"

"아마 그럴걸?"

신통이 방통이는 우리 쌍둥이들 태명이다. 리조트 겸해서 내가 꾼 꿈 때문에 그렇게 이름을 붙였다. 쌍둥이처럼 나란히 붙은 그런 타워, 블루 타워는 분명히 태몽이었으니까. 현진이는 같이 가기로 한 검진 날 하루 전부터 심각한 얼굴이더니, 나보다 더 잠을 설쳐서 밤새 뒤척거렸다.

결국 7주 무렵, 우리는 블루베리만한 쌍둥이의 심장박동을 들었다. 무려 160bpm의 세차고 건강한 소리였다. 워낙 초기라 기쁜 내색을 자제하던 현진이는 그 소리를 듣고 결국 울었다. 잠깐 화장실을 다녀온다더니 병원 복도에서 혼자 울고 있었다.

"나희야, 나…… 내 소원이…… 애들 셋 아빠 되는 거였어."

"너 그런 말 안 했잖아!"

"무슨 자격으로 그런 소릴 해. 내가 배 아파 낳는 것도 아닌데……"

울다가 웃다가, 또 웃다가 울다가. 기뻐서 미치겠다고. 근데 아직은 어떻게 될지 모르니까 자제할 거라고, 그러다 또 울컥 눈물을 쏟고 다시 웃었다. 진짜 미친 것 같았다.

"진짜 열심히 할게. 나 정말 열심히 살게. 나희야, 고마워. 고마워. 진짜 고마워."

그가 돌림노래처럼 고맙단 말을 읊조렸다. 계속 듣다보니 나중에는 나에게 하는 말이 아닌 것 같았다. 하늘의 누군가에게, 우리에게 또 한번 아이들을 허락한 운명의 신에게 올리는 감사 기도 같았다.

결국에는 나도 현진이와 함께 울고, 또 웃었다.

제4장

여전히 연애중

오랜만에 찬희가 우리집에 왔다. 핏줄보다는, 손에 들린 검은 비닐봉지에서 풍겨오는 향기에 이끌렸다.

"뭐야, 뭐야. 이 냄새 뭐야?"

"엄마가 오랜만에 더덕 불고기 했다고. 누나 좋아한다고 갖다주래."

"그 냄새가 아닌데?"

"아, 붕어빵이랑 군고구마 사왔어. 겨울이라고 트럭이 있네. 누나 이거 좋아하잖아. 팥 들어간 거."

"팥붕 대환영! 완전 환영이요!"

나는 고기 냄새를 맡은 개처럼 이찬희 주변을 어슬렁거렸다. 현진이는 길거리 음식은 안 사 온다. 붕어빵은 남편 몰래 가끔 먹는 간식이었다.

"매형은?"

"학교 갔어. 곧 올 거야."

"학교? 매형 육아휴직했다더니 뭔 학교를 다녀?"

육아 때문에 신청한 휴직은 아니었다. 그는 리조트 수주건 덕분에 부사장으로 승진했다. 다만 권진 계열사 내 최연소 사장급이라 일부러 발령 시기를 늦췄다. 그사이 우리 현우와 쌍둥이를 위해 부모 학교에 다니는 중이었다.

"야, 이찬희. 너 붕어빵 달랑 네 개 사 왔어?"

어쩐지 봉투가 얄팍했다. 얘는 대체 누굴 닮아서 손이 이렇게 작아. 이걸 누구 코에 붙이라고.

"아니, 맛이 없을까봐. 누나 입덧 심하다며. 일단 먹어봐."

틀린 말은 아니다. 맛없는 붕어빵을 처리하는 것만큼 고역이 또 없으니까. 하지만 찬희가 사 온 붕어빵은 때깔부터 달랐다. 입에 넣는 순간부터 부드럽게 코끝에 감기는 마가린 향, 파사삭 부서지는 겉면, 알맹이가 씹히는 팥까지.

"찬희야, 너 이거 어디서 샀어? 겉바속촉 완전 예술이다."

"그렇게 맛있어? 우리 학교 앞에 사람들이 맨날 줄 서 있더라고. 눅눅해질까봐 봉투 열고 갖고 왔어."

"내가 네 개 다 먹어도 돼?"

"그럼. 누나 다 먹어. 임신부 걸 내가 어떻게 뺏어 먹냐."

처음에는 분명 그렇게 말했다. 그런데 내가 먹는 걸 보고 점점 찬희의 눈빛이 달라졌다.

"누나…… 왜 이렇게 맛있게 먹어? 사람들이 이래서 먹방 보는구나."

이제 세 개째였다. 빨리 먹든가 해야지 날 보는 시선이 심히 부담스러웠다.

"그거 그렇게 맛있어?"

"안 돼. 안 줘."

"누나, 나도 한입만."

"이찬희. 너는 너희 동네 가서 사 먹어. 우리 동네 붕어빵은 다 눅눅하단 말이야. 그리고 난 우리 남편 몰래 나가서 사 먹어야 돼. 얼마나 힘든지 알아?"

"고구마는 좀 안 당겨? 여기 군고구마도 있어. 누나 좋아하잖아."

"고구마 너무 많이 먹어서 질려. 너 먹어. 수진이 잘 지내지?"

동서 얘기로 이목을 돌리려고 했다. 하지만 붕어빵에 꽂힌 이찬희의 시선은 흔들리지 않았다.

"누나가 붕어빵을 씹을 때마다 바삭! 바삭! 엄청 맛있는 소리가 나."

붕어빵이 딱 하나 남았을 무렵, 현진이와 현우가 돌아왔다. 이 맛있는 붕어빵을 그에게도 꼭 먹여주고 싶었는데 마침 잘 왔다.

"어? 삼촌이다. 삼촌!"

"현우야!"

아빠 손을 꼭 잡고 있던 현우가 찬희한테 달려갔다. 나는 그사이에 붕어를 갈랐다. 김이 모락모락 나는 붕어의 머리와 꼬리를 양손에 들고, 현관으로 갔다.

"여보, 이거 먹어봐. 찬희가 사 왔는데 너무 맛있어."

"나희야, 잠깐만."

붕어빵을 사양한 현진이가 나에게 안기려는 현우부터 저지했다.

"권현우, 너 아빠가 뭐라고 했어. 집에 와서 엄마 만지기 전에 뭐부터 해야 해."

"손 씻어야 해요!"

"옳지. 손부터 씻어야지요. 엄마 감기 걸리면 안 된다고 말했지, 아빠가. 얼른 가서 손 씻어. 치카도 해."

"네."

사이즈만 다르고 똑같은 맨투맨을 입은 부자가 사이좋게 세면대로 향했다. 바지 색깔과 심지어 양말까지 세트로 맞췄다. 저건 대체 언제 또 샀대.

"현우. 아이 깨끗해 세 번."

"아이 깨끗해 세 번! 슝슝슝."

복도의 간이 세면대에 나란히 선 뒷모습이 꼭 아바타와 미니미 같았다. 이찬희도 나와 비슷한 생각을 했는지 킥킥거렸다.

"매형이랑 현우랑 맨날 저러고 다녀? 둘이 진짜 귀엽다."

"그치. 진짜 귀엽지."

"어, 누나는 진짜 치사하고."

"자. 붕어빵 먹어."

마침 돌아온 현진이한테 붕어빵을 물려줬다. 이찬희는 그것조차 불만스레 툴툴거렸다.

"와, 누나 어릴 때는 나한테 꼬리 줬는데. 이제 나한테 머리 주고 매형한테 꼬리 주네."

"차이가 있어? 뭐가 달라?"

그가 모르겠다는 듯이 물었다. 내 남편은 미식과는 거리가 멀어서 붕어빵의 꼬리와 머리, 그 미묘하고 엄청난 차이를 알지 못한다.

"붕어빵 머리보다 꼬리 쪽이 더 바삭하고 맛있잖아요, 형. 누나가 항상 저한테 꼬리 줬는데, 나 서운하다."

"싫음 내놔. 머리도 우리 남편 주게."

"와, 핏줄이고 뭐고 이제 다 필요 없다 이거지?"

내가 뭐라고 하기 전에 남편이 나섰다.

"처남. 처남도 결혼했잖아. 집에 아내 있잖아. 투정은 거기서 부려. 나희는 나 하나 받아주는 것도 피곤해."

현진이는 내가 임신하고부터 누구든지 나한테 덤비는 기색이 보이면 무조건 잘라낸다. 그건 우리 엄마라도 마찬가지다. 전에는 엄마가 나한테 뭐라고 하든 일절 참견 안 했는데, 이젠 엄마가 조금만 내게 잔소리해도 부리나케 달려왔다.

"어머니, 나희 살 안 쪘어요. 그리고 좀 찌면 뭐 어때요, 예쁘기만 한데요. 제 눈에는 너무너무 예뻐요. 뭐라고 하지 마세요. 나희 스트레스 받아요."

내가 구박을 당하면 현진이가 더 스트레스를 받는 것 같았다. 가만히 두고 보질 못했다.

"매형은 어디 다녀오셨어요?"

"나 아빠 육아 교실 다니잖아. 현우하고."

"우와…… 이 집은 진짜."

"애가 셋인데, 당연하지."

그가 너무 진지해서 찬희도 뭐라고 할말이 없는 듯했다. 학교까지 다니는 마당에 진심이 아닐 리가.

"너도 배워. 같이 다니자, 찬희야. 거기 멋있는 아빠들 많아. 너 학교에서 애들 본다고 집에서 육아 안 한다며. 일요일에 필드 가지 말고 아빠 육아 교실 나와. 거기 주말반도 있어."

"아, 아뇨. 형, 전 됐어요. 저 갈게요. 나 갈게, 누나."

찬희는 와, 하고 의미 없는 감탄사만 내뱉다가 교회에 발을 잘못 들인 사탄 같은 얼굴로 우리집에서 쫓겨나듯 돌아갔다.

그가 태어날 아기들에게 진심이란 걸 알게 된 사건이 있었다. 임신을 하고, 아침이면 내 배에 대고 말을 거는 남편의 목소리를 들으며 눈을 뜨는 게 평소의 풍경이었다.

"엄마 일어났다. 우리 신통이 방통이도 깼어요? 아기들 일어났어요? 우리 쌍둥이들 아빠 목소리 들려?"

그런데 하루는 옆자리가 허전해서 이른 시간에 잠에서 깼다. 뱃속의 쌍둥이에게는 주책바가지인 이 남자가 아침부터 어딜 갔나 했는데, 드레스 룸에서 작은 말소리가 들려왔다. 굉장히 들뜬 목소리였다. 기분 좋은 전화라도 받나 하고 봤더니, 세상에 "우리 귀염둥이, 우리 쌍둥이들"이라면서 아기 띠에 쌍둥이 인형을 넣곤 둥개둥개 소리를 내며 움직이고 있었다. 처음 그 광경을 목격했을 때는 진짜 놀랐다. 현진이가 귀신 들린 줄 알았다.

"자기야, 뭐해?"

거울 앞에서 혼자 저러다가 나한테 걸린 게 창피하기는 한지, 그가 허둥지둥 아기 띠를 벗으며 뺨을 붉혔다.

"미리 연습해두려고."

"자기야, 무슨 연습을 벌써 해. 애들 태어나려면 아직 16주나 남았어."

"아빠 교실에 쌍둥이 데리고 오는 아빠 있는데……"

그게 그렇게 부러워 보였단다. 병아리 품는 수탉처럼 쌍둥이를 안고 온 아빠가. 자기도 빨리 그러고 다니고 싶단다.

"이 인형은 또 뭐야. 이런 건 또 어디서 구했어."

"카시트 산 데서 줬어. 사은품."

20주부턴 교수님이 안심해도 된다고 했다. 그 말을 듣고는 정말 안심이 됐는지 현진이는 아기용품을 막 사들였다. 쌍둥이 아기 띠, 쌍둥이 유모차, 쌍둥이 카시트. 저런 건 대체 언제 다 봐뒀을까 싶은 것들도 있었다.

"나희야. 이거 한번만 봐줘. 나 어울려? 아기 띠 할까, 힙시트 할까? 우리 신통이 방통이 태어나면 맨날 안고 다니려고 회색, 파란색, 분홍색 세 개 샀는데. 검은색도 살까?"

기가 막혀서 쳐다보자 그가 배시시 웃는다. 어이가 없다. 이렇게 좋아할 거면서. 이렇게 신이 났으면서. 그동안 뭘 그렇게 튕겼니, 현진아.

둘째는 필요 없다던 사람 어디 갔느냐고 면박을 줄 수도 있었지만, 그냥 장단을 맞춰주기로 했다. 귀여우니까 봐줘야지.

"우리 쌍둥이만 안고 다니면 어떡해. 현우는."

"현우는 손잡고 다녀야지. 남자니까."

당연한 듯이 대답해놓고는 번뜩 생각났다는 듯이 날 돌아봤다.

"세쌍둥이용 있던데, 그거 살까?"

"자기야……"

가뜩이나 눈에 띄는 남자가 아기 셋을 안고 다니시겠다고. 아서라, 제발.

하지만 주책은 거기서 그치지 않았다. 오랜만에 일찍 일어나 잠시 산책하러 나온 것이 화근이었을까. 요즘 세상에 쌍둥이는 드문 일도 아닌데, 누군가 내 배를 쳐다보거나 하면 티를 내고 싶어서 안달이었다.

"사모님이 아기 가지셨나봐요."

"예."

내 배를 무슨 국가대표 보듯 자랑스럽게 쳐다보면서 꼭 덧붙였다.

"쌍둥이예요."

"어머머, 축하드려요. 이렇게 잘생긴 아들도 있으시고. 다둥이 아빠시네."

다둥이 아빠라는 말이 그렇게 듣기 좋았을까. 아주 입꼬리가 하늘까지 올라갔다. 주차 여사님께 발레 비를 10만 원이나 내고 잔돈도 안 받았다.

"여기 진짜 좋다. 우리 또 오자."

한강 전망의 갤러리 겸 카페였다. 케이크와 빙수를 먹고, 안을 둘러보다가 현우가 귀여운 곰돌이를 발견했다. 한복을 입은 곰돌이가 귀여워서 세트로 두 개를 샀다. 계산한 현진이가 포장된 걸 받아들고는 물었다.

"두 개 샀는데 세 개가 들어 있네요."

"하나는 증정입니다."

"아, 그래요. 사실은 저희 아이가 셋인데 어떻게 아셨죠? 제가 다둥이 아빠처럼 보이나요?"

"자기야. 여기 써 있잖아. 투 플러스 원이라고……"

"그랬어? 하하하하!"

나는 현진이가 저렇게 호탕하게 웃는 모습은 처음 봤다. 민망해하면서도 쌍둥이 자랑을 잊지 않았다.

"저희 태어날 애들이 쌍둥이예요. 삼 남매라서요, 어떻게 알고 주셨나 하고."

그뿐만이 아니다. 모임이라면 질색하던 그가 육아 교실에서 만난 사람들과 '서초 라테 파파'라는 다둥이 아빠 모임까지 들었다. 거기에 늘 현우를 데리고 나가서 내가 좀 편하기는 했다.

너무 극성인 현진이 덕분에 우리 엄마마저 그가 없는 시간에 날 보러 왔다.

"아니, 이게 다 뭐야. 벌써 뭘 이렇게 사날랐어."

"엄마, 내가 그래서 아무것도 사 오지 말랬잖아."

쌍둥이를 임신하고 과일 전용 냉장고도 하나 더 샀다.

"권 서방 어쩜 좋니. 현우 때보다 더 유난이네."

"그래도 좋아하는 거 보고 있으면 귀여워."

"너도 참…… 그래, 둘이 잘 만났다. 잘 만났어."

현진이는 성격도 좀 변한 것 같았다. 전에는 타인에게도 까칠함을 숨기지 않았는데, 이제는 현우를 데리고 외출하는 일이 잦아서인지 말투도 많이 둥글어졌다.

그래도 아직까진 나와 둘이서 데이트를 하는 날이 가장 많았다. 우리는 그간 바빠서 못 갔던 레스토랑, 유명한 베이커리 카페를 원 없이 다녔다.

그런데 사람들이 많은 곳에 갔다가 황당한 일이 생겼다. 계산하는 줄이 길어서 나 혼자 앉아 있는데 갑자기 누군가 말을 걸었다.

"저기요. 스타일 너무 좋으셔서요. 저녁 한번 드시죠. 번호 주실래요?"

테이블 때문에 내 배를 못 본 모양이었다. 밖에서 번호를 물어보는 경우가 종종 있기는 했지만 임신하고서는 처음이었다.

"뭡니까. 내가 남편인데."

황당해서 뭐라고 하려는 찰나에 현진이가 나타났다. 빵이 가득 쌓인 쟁반을 들고, 눈에서는 불을 뿜고 있었다.

"내 와이프한테 뭐 용건 있어? 있냐고."

"네? 아…… 아, 죄송합니다."

머리 하나는 큰 남자가 칠 것처럼 으르렁거리자 상대는 거의 줄행랑을 쳤다.

"저 새끼, 야. 너 다시 와봐. 야!"

"자기야."

"미친 새끼가 왜 임신부한테 치근덕거려. 저거 신고해야겠는데."

"그냥 무시해, 응? 신통이 방통이 들어. 아빠 빨리 가서 빵이나 사 오래. 쌍둥이 배고프대. 멜론 크림블 소보로빵도 먹고 싶내."

"아니…… 하, 알았어."

쌍둥이는 마법의 단어였다. 뭐든 쌍둥이가 원한다고 하면 현진이는 어떻게든 구해 온다. 이번에도 마찬가지였다. 그 인간을 쫓아가서 족치고 싶은 얼굴인데도 다시 빵 진열대로 향했다.

"임신부가 왜 이렇게 예뻐. 환장하게 예뻐 갖고 큰일이네. 아주 눈을 못 떼게."

혼자 투덜거리면서도 내가 먹고 싶다고 주문한 건 착실하게 챙겼다.

"멜론 어쩌고 크림빵은 어디 있습니까?"

"멜론 크림 크로와상, 칸탈로프 멜론 가득 망고 케이크, 멜론 쿠키 크림블 소보로가 있는데 어떤 거 찾으세요?"

"셋 다요."

임신이 두번째라서 그런지 긴장되거나 무섭진 않았다. 쌍둥이도 건강하게 무럭무럭 자라고 있었다. 하고 싶은 건 다 해도 된다는 교수님 말씀에 나는 슬슬 MBA 입학을 준비했다. 마음이 편해서 그런지 활자도 눈에 잘 들어왔다. 모든 게 순조로웠다. 저 방해꾼만 아니면 말이다.

"현우야. 엄마 머리 자른 거 또 보고 싶지."

"아빠, 나 아까 봤능데."

"우리 현우, 엄마 뭐하는지 구경하러 갈까요? 아빠랑 엄마 보러 갈까?"

살짝 열린 문 너머에서 들려오는 목소리에 기가 찼다. 얼마 전에 머리를 잘랐다. 단발이 잘 어울린다고 하기에 처음엔 립서비스인 줄 알았다. 그런데 엄청나게 마음에 들었는지 그가 종일 저 난리였다.

"아빠. 나 빠방이 탈래."

남편은 악당이고, 현우가 진정 효자였다.

"현우야, 우리 엄마 서재에서 놀자. 엄마 공부 열심히 하는지 감시하자."

"아빠, 나 빠방이."

"쉿. 엄마 공부하는 중이니까 우리가 조용히 들어가자."

결국 현우를 안고 서재에 들어온 권현진이 내 책상 주위를 어슬렁거렸다. 나는 책에만 시선을 두고, 그가 현우한테 속삭이는 말은 무시로 일관했다.

"엄마 머리 자르니까 너무너무 예쁘다. 고등학생 같지 않아? 아빠가 엄마 고등학생 때 봤는데 엄마 그때부터 엄청 귀여웠거든. 현우야, 엄마 옛날 사진 보여줄까? 현우도 궁금해요?"

"아빠."

"엄마 진짜 귀엽거든. 지금도 예쁘고 귀엽고. 그치? 현우야, 엄마가 아이돌 가수보다 더 예쁘지?"

"아빠! 엄마 지금 공부하자나!"

보다못한 현우가 빽 소리치며 제 아빠를 타일렀다.

"엄마 책 봐야 하니까 괴롭히면 안 돼! 아빠는 현우랑 놀아! 빠방이 밀어줘."

"넵, 아드님. 가시죠."

결국 현우한테 혼쭐난 현진이가 서재를 나갔다. 진짜 누가 앤지 모르겠다.

우리의 결혼생활은 이런 날도 있고, 저런 날도 있다. 그가 철없는 소년처럼 장난치고 내 주위를 빙빙 돌 때도 있지만, 반대로 내가 장난을 거는 날도 있다.

그는 휴직중인데도 집에서 서류를 보는 경우가 잦았다. 분기마다 열리는 정기 이사회 때문이었다. 임시 주총이 열리는 날에는 서재에서 살다시피 했다. 그럴 때는 내가 현우를 보면서 그를 도왔다. 우리는 상호 보완하면서 전진하지만 가끔, 아주 가끔은 발을 걸기도 했다.

그가 세상 심각한 얼굴을 하고 있으면 그랬다. 바로 오늘처럼.

"하고 싶다."

"……"

"자기야, 나 하고 싶어."

회의록을 읽다 말고 갑자기 눈을 감는 남자 때문에 웃음이 터졌다.

아직 임신 중기여서 괜찮다고 했다. 의사 선생님 말씀을 같이 경청했는데도 그는 저렇게 단호했다. 몇 번 꼬셨는데도 잘 넘어오지 않았다. 은근히 모범생이다.

"결재 볼 거 많아? 서류 얼마나 남았어?"

나는 그의 사무용 책상에 손을 얹고 살짝 기댔다. 애써 무표정한 남자의 얼굴을 은근히 들여다봤다.

"침대로 빨리 오면 안 돼?"

나를 빤히 쳐다보던 현진이가 결국 손을 뻗었다. 조심스럽게 나를 둘러 안고서 제 무릎 위에 앉혔다. 우리가 소파에서 영화를 볼 때 하는 바로 그 자세였다.

"아니, 여보. 서류부터 얼른 보고 침대로 오시라고요."

"그냥 가만히 계시라고요. 네 여보가 알아서 해준다고요."

"아니, 잠깐만, 현진아. 나 혼자 말고……"

"가만있어봐. 기분좋게 해줄게. 살짝만."

날 끌어안은 팔뚝이 밧줄처럼 견고했다. 뽀뽀로 시작된 키스가 길어졌다.

"배 안 당겨?"

"응. 그냥 기분좋아……"

"찝찝하지. 씻겨줄게. 가자."

봉사 정신이 투철한 권현진은 마무리까지 잊지 않았다. 공주님 안기로 들어선 욕실에서는 나도 입을 맞췄다. 소중히 여겨지는 기분이 들어서 더더욱 애틋한 교감이었다.

마침내 우리의 쌍둥이가 태어났다. 이름은 권이나, 권유나. 이나가 1분 언니고 유나가 동생으로, 이름은 현진이가 지었다. 엄마처럼 밝고 씩씩하게 크라고 내 이름의 반을 붙였단다.

"좀 달다. 어젠 약간 새콤달콤했는데."

"웃겨. 자기가 무슨 모유 감별사야?"

맛은 기가 막히게 아네. 어젠 딸기랑 귤을 많이 먹었다. 오늘은 빵을 많이 먹었고. 찔려서 그렇게 쏘아붙이자 그가 고갤 들었다.

"그 정돈 되지 않나. 이나, 유나, 현우, 셋이 다 합쳐도 내가 제일 많이 먹었을 텐데."

복직 날짜 때문에 현우는 일찍 모유를 끊었다. 유나랑 이나는 어떻게 운때가 맞았다. 딱 두 명 뽑는 예술경영 MBA에 고배를 마셔서 재수 확정이었다. 차라리 잘됐다 싶었다. 그 덕분에 횡재한 사람이 있다면 바로 내 남편이었다. 쌍둥이가 아니라.

젖먹이들은 왼쪽만 먹는다. 아직 돌도 안 된 아기들이 무슨 고집이 그렇게 센지, 오른쪽 젖꼭지를 물리면 퉤 하고 뱉어버린다. 자기가 빨고 싶은 쪽을 빨겠다고, 평소와 달라서 불편하다며 왼쪽으로 눕고 싶다고 칭얼댄다. 그럼 오른쪽은 유축기를 써야 하는데, 번거롭고 피곤해서 그때마다 남편을 불렀다.

그는 하이에나처럼 주위를 어슬렁거리다가 애들이 떨어져 나가면 자기 차례인 걸 알고는 앙큼하게 눈을 내리깐다. 그러고는 유축기를 내민다. 꼭 내가 먼저 도와달라고 말을 꺼내게끔 만든다.

마약에 취한 것처럼 몽롱한 그를 보고 있으면 만감이 교차했다.

"너무 달다며. 자긴 단거 싫어하잖아."

"내가 언제 너무 달대. 딱 맛있게 달다고 했지."

그러면서도 더 욕심부리지 않고 물러난다. 하긴, 이미 많이 먹었으니까. 더는 아쉬울 것도 없겠지.

분명 그런 줄 알았는데, 옷을 추스르다가 손에 몇 방울 튀었다. 휴지에 닦아내려는 걸 현진이가 기겁하고 저지했다.

"잠깐, 잠깐, 잠깐만!"

내 손등에 묻은 그 몇 방울을 무슨 꿀 빨아먹듯이 쫍쫍대는 것이다. 싹싹 핥아대다가 목마른 얼굴로 쳐다보는데 솔직히 놀랐다. 그렇게 먹고도 더 먹고 싶나? 그만큼 먹었으면 역하지 않을까?

"더…… 더 먹을래?"

"진짜? 그래도 돼?"

활짝 웃는데 순간 짠했다. 얘가 내 눈치 보느라 참았구나. 처음에도 그랬다. 먹고 싶단 말은 못하고 간절한 눈으로 쳐다보기만 했다. 그래서 내가 먼저 권했다.

"자기야, 이거 무슨 맛인지 한번 먹어볼래? 별로 먹고 싶지 않을 수도 있는데……"

"그걸 어떤 미친 새끼가 마다해."

애들 밥이라서 그런지 먼저 죽자고 달려들진 않는데, 한번 입에 물면 그만하라고 할 때까지 집착했다. 그런데 그 버릇이 오늘까지 이어졌다.

"현진아. 배 안 불러?"

그가 고개를 끄덕였다. 더 먹겠다고. 입도 짧은 남자가 욕심을 부린다. 이제 지겨울 때도 됐는데 아직도 저렇게 집착하는 걸 보면 어린 시절 때문인가 싶어서 안쓰러웠다. 물면 안 놓으려는 점이.

"짠해."

요즘 시도 때도 없이 눈물이 난다. 부드러운 머리카락을 쓰다듬으며 내게 안긴 남자를 위로했다. 내가 우는 걸 보던 현진이가 몸을 일으켰다.

"내가 왜 짠해. 뭐가 또 슬퍼, 이나희."

"아냐, 많이 먹어. 어릴 때 못 먹은 것까지 전부 먹어."

"저기요. 제 할당량은 진작 다 채웠고요. 이건 이나희 거니까 환장하고 처먹는 건데요."

어이없다는 듯 그가 픽 웃었다. "왜 울어. 쓸데없이 울지마" 하고 내 눈물을 닦아주면서.

"이나희 냄새에 내가 미치는 거 알아, 몰라."

내게 얼굴을 파묻고는 크게 숨을 들이마셨다. 쓰으으읍, 하아아아.

"아, 향기롭다. 사무실 방향제로 쓰고 싶다."

황홀해하는 그 표정은 진짜 변태 같았다. 진성 변태. 나는 찔찔 울다가 권현진 등짝을 내려쳤다. 우리는 동시에 웃음을 터뜨렸다.

애들이 커가면서 권현진은 더더욱 자상해졌다. 원체 다정한 남자가 쌍둥이 여자애들한테 맞춰주다보니 생긴 바람직한 현상이었다.

"아빠, 그거 유나 거야. 아빠가 왜 써?"

"아빠 입술이 촉촉해야 엄마가 뽀뽀해주지."

"웅. 근데 다음부터는 유나한테 말하고 써. 유나 거니까."

"네에. 아빠가 유나 거 좀 빌릴게요."

"아빠. 이나도 립밤 있어."

"이나가 아빠한테 립밤 빌려줄 거예요?"

"웅. 이나가 발라줄 거야."

게다가 우리집 쌍둥이는 누굴 닮았는지 성격이 보통 이상이었다. 현우가 오히려 점잖았다. 두 돌이 지나서부터 쌍둥이는 제 아빠를 장난감처럼 갖고 놀지 못해서 안달이었다. 특히 공주 놀이에 말이다.

"이나야, 유나야. 아빠 이제 공주님 그만하면 안 될까?"

"안 돼. 아빠가 루루 공주인데 어떻게 공주님을 그만해."

"공주님 희망퇴직하고, 아빠는 공주님 수행 기사 할게. 아니면 공주님 경호원."

"안 돼. 아빠가 공주님 해야 해."

일요일 오전부터 시끄러워서 나가보니 아주 가관이었다. 화려한 보석 왕관을 쓰고, 주렁주렁 공주님 귀걸이를 한 그가 핑크 가운을 걸치고 있었다.

"아빠 진짜 예쁘다."

"아빠 루루 공주님이야."

커피잔을 들고 나타난 나를 현진이가 발견했다. 도와줄

까? 복화술로 묻자, 그가 됐다고 고개를 내저었다.

요즘 대학원이 시험 기간이라 며칠 밤을 새웠다. MBA는 대개 PT로 시험을 대체하는데 교수진이며 동기들이 워낙 걸출하다보니 준비하는 게 장난이 아니었다. 내가 피곤할 걸 알고 아침 댓바람부터 그가 쌍둥이와 놀아준 것이다.

"이나야. 유나야. 아빠가 힘들대. 공주 놀이하기 싫대."

보다못해 한마디 거들었다. 그러자 이나와 유나가 크게 충격받은 얼굴로 그를 돌아봤다.

"아빠…… 진짜 루루 공주 하기 싫어?"

"아빠는 공주님 놀이가 싫어……?"

세상에서 공주 놀이가 최고인 줄 아는 두 돌 쌍둥이다. 책 읽는 걸 좋아하는 현우 오빠는 놀아주지 않고, 자기들이 제일 좋아하는 공주 놀이는 아빠가 싫어한단다. 이나와 유나 눈에 눈물이 그렁그렁했다.

"할게. 아빠가 루루 공주 할게. 아빠는 루루 공주다. 여기는 뽀롱뽀롱 공주님 나라."

내팽개쳤던 핑크 가운을 그가 결국 다시 어깨에 걸치고, 맞지도 않는 핑크 장갑을 억지로 손에 쑤셔넣었다. 한숨을 푹푹 내쉬면서도 할 건 다 한다.

"공주님 막대기 어디 갔어."

커피를 뿜을 뻔했다. 와중에 요술봉까지 찾다니 진짜 모범생 맞다니까, 권현진.

"아빠! 요술봉 여기!"

"아빠 루루 공주님이야! 마법 해줘!"

"뽀롱뽀롱. 루루 공주님이 악당을 다 조져버렸어요."

그가 놀아주자 이나와 유나가 아주 신이 났다. 아빠 얼굴엔 별 스티커를 붙이고, 머리엔 리본 핀을 꽂더니 예쁘다고 까르륵 웃고 엎어졌다.

부모 노릇이 이렇게 힘들다. 아무리 세상에 쉬운 일이 없다지만 육아가 그중에서 제일 힘들다. 현우는 낯을 잘 안 가렸는데, 쌍둥이는 남의 손을 타면 울고불고 난리였다. 나는 어느 정도는 포기하고 싶었지만 그가 욕심을 부렸다. 그게 미안해서인지 본인이 쉬는 날은 무조건 애들에게 반납했다.

"장모님하고 합가하길 진짜 잘했다."

그나마 엄마가 쌍둥이를 봐줄 때만 데이트할 시간이 생겼다. 테라스에서 겨우 마시는 맥주 한 캔이지만 감지덕지했다.

"고마워, 여보."

"뭐가. 내가 어머니한테 도움받는 건데."

먼저 합가를 제안한 건 그였다. 육아는 솔직히 핑계였단 걸 나도 알고, 엄마도 안다.

“그래도 고맙다고. 내 생각 많이 해줘서.”

우리 옆집이 매물로 나와서 담을 허물고 주택을 증축했다. 알고 보니 처음부터 그럴 목적으로 전원주택에서 신혼생활을 시작한 것이었다. 언젠가 우리 엄마를 본인이 모시려고.

“나중에 처남도 부르자. 같이 살자고.”

“이찬희까지?”

“어. 이씨 집성촌 만들게.”

고요한 달밤. 나지막한 웃음소리가 번져갔다. 바쁜 도심에서 벗어나 사는 재미가 있다. 여전히 서울이지만.

“너희 가족이 좋아, 나는.”

“우리 가족.”

“어. 우리 가족.”

내가 정정해주자 그가 부끄러운 듯이 웃었다. 딴 데를 보면서 괜히 말을 돌렸다.

“이나 울음소리 아직도 들리는 것 같다. 귀가 멍해.”

“이나, 유나 너무 극성이라 자기가 힘들지. 그래도 우리 쌍둥이 귀여우니까 봐주자.”

"그치. 귀엽지. 귀여웠지. 말 트기 전까지는……"

고개를 끄덕이면서 그가 멍하게 읊조렸다. 현우가 워낙 조용해서 신통이 방통이가 이런 개구쟁이일 거라곤 상상도 못 했다. 엄마한테 전해듣기로는 난 어릴 때부터 워낙 애어른처럼 얌전했다는데, 우리 쌍둥이는 대체 누굴 닮았나 몰라.

"근데, 나도 그랬을걸. 너처럼 자상하고 든든한 아빠가 옆에 있었으면 투정부리고 떼쓰고, 분명히 그랬을 거야."

별생각 없이 던진 말에 현진이가 불쑥 고개를 들었다.

투명한 눈동자 너머에서 내 영혼을 어루만지는 너를 느낀다. 나를 사랑하고, 아끼고, 소중히 여기는 너를.

"내가 이나희 남편도 하고, 아빠도 하고, 오빠도 하고, 전부 다 할게. 나한테 기대."

"뭐야……"

괜히 부끄러워진 나는 빈 맥주 캔을 보면서 웃었다. 그러자 그가 내게로 깊숙이 고개를 숙이며 눈을 맞춰왔다.

"이나희 어린이. 알았어요?"

여름 공기보다 뜨거운 너의 다정함이 내 껍데기를 파고든다. 나의 전부를 원하는 너는 내 아픔까지도 짊어지려 한다.

그런 너를 볼 때면 나는 믿어 의심치 않는다. 사실은 우리가 하나의 영혼이라고. 우리가 너와 나로 나뉘어져서 너는 그렇게도 나와 다시 하나가 되고 싶어하는 거라고.

"현진아."

가끔 생각한다.

"나는 전생에 얼마나 많은 덕을 쌓아서 너 같은 남자를 만났을까?"

그가 너무 기고만장할까봐 술을 마셨을 때만 말해준다. 취기를 빌려서.

"사랑해."

스무 살의 나를 또렷이 기억하는 권현진은 아마 알 것이다.

취중진담, 그거 사실은 완전히 진심이란 걸.

바야흐로 발제 날이 밝았다. 오늘 결정한 주제로 졸업 논문을 쓰기 때문에 내겐 중요한 날이었다.

"자기야. 이거 색깔 한번만 봐줘."

선물 받은 립스틱을 발라봤다. 아무래도 내가 산 게 아니어서 어울리는지는 모르겠다. 거울로 요리조리 들여다보다가 뒤에 선 그를 돌아봤다.

"너무 진하지?"

"어, 좀 진하네."

"지워야겠다."

티슈에 리무버를 묻히는 사이에 몸이 확 돌려졌다. 출근 준비중이라 셔츠 차림인 그가 내 립스틱을 다 빨아먹었다. 욕망이 섞인 입맞춤이었다. 고개를 꺾어가면서 내 입술을 짓이겼다.

"여보, 아침부터 왜 그래."

"그러게 누가 아침부터 그렇게 섹시하래."

이 립스틱은 버려야겠다. 두 번 발랐다간 사람 잡겠네.

"한 시간만 늦게 가라. 어?"

"안 돼. 나 오늘 PT 있다니까, 발표."

내 엉덩이를 매만지던 그가 탄식을 내뱉으며 떨어져나갔다. 잠시 후, 어린이집 등원 준비를 마친 쌍둥이가 거실로 달려나왔다.

"아빠! 아빠 입술 빨개!"

"아빠도 엄마 립스틱 발랐어?"

순진하게 정곡을 찌르는 질문에 순간 눈앞이 하얘졌다. 이 남자가 거울도 안 보고 나갔나봐. 어떡해. 화장대에 숨어 있는 내 얼굴만 빨개졌고, 정작 범인은 뻔뻔했다.

"어. 아빠도 가끔 발라. 이나, 유나 양말 다 신었어?"

"웅!"

"신었어요!"

"그럼 가서 신발 골라. 여사님, 저 휴지 좀."

"부사장님, 그…… 거울 보고 닦으셔야 할 것 같은데요."

"안 지워졌습니까? 아, 이거 비누로 씻어야 하나."

나는 리무버를 묻힌 티슈를 들고 나갔다. 창피해도 둘이 같이 창피해야지. 그게 부부니까.

우리 쌍둥이에게 대체로 무르게 구는 그지만, 때로는 단호하다. 특히 예의범절을 가르칠 때는 나보다 더 엄격했다.

"이거 밀가루 냄새난다. 냄새가 맛있어서 샀는데."

성묘를 갔다가 휴게소에 들렀다. 뭘 먹을까 고민하다가 밤빵을 샀다. 아니, 이렇게 맛있는 향기를 풍기면서 맛없는 건

반칙이잖아. 원망스럽게 밤빵을 내려다보는데 운전하던 그가 옆에서 손을 내밀었다.

나는 먹던 음식을 잘 못 버린다. 죄책감이 들어서. 찔려서 억지로 먹는 걸 알고는 그가 처리해주는 경우가 종종 있었다. 본인은 나보다 더 입이 짧은데도 말이다.

우리 쌍둥이가 그걸 보고는 날 따라 했다. 자기가 먹던 옥수수를 제 아빠한테 슬그머니 넘긴 것이다. 하지만 현진이는 그걸 받아주지 않았다.

"권유나. 네가 먹던 걸 왜 다른 사람한테 줘."

"아빠, 나 못 먹겠어."

"못 먹겠으면 버려. 왜 아빠한테 줘. 아빠는 쓰레기통 아니에요."

"아빠, 이나 것도 먹어주세요."

"안 돼요. 이나 건 이나가 먹어요. 유나 것도 유나가 먹어요."

"아빠……"

"엄마 건 먹었잖아."

"아빠는 엄마가 입 댄 것만 먹어. 다른 사람 건 안 먹어요."

애들이 울먹거리길래 나도 모르게 손을 뻗었다가 대번에 그한테 저지당했다.

“안 돼. 받아주지 마요. 버릇 나빠져.”

거기서부터 빈정이 상한 쌍둥이는 묘소 근처 식당에 가서도 뻗댔다.

“권이나. 권유나.”

우리집 권씨 삼 남매가 제일 무서워하는 건 성을 붙여서 이름을 부르는 것이다. 아마 어느 집이나 비슷한 풍경일 테지만, 내 남편은 놀아줄 때 다정한 만큼 무표정을 지으면 사람이 확 무서워 보인다. 덩치가 워낙 큰데다 저음이라서 더 그랬다.

“똑바로 앉아. 밥상에서 누가 엎드려.”

쌍둥이는 물론 죄 없는 현우까지 덩달아 움찔했다.

“엄마가 아직 식사하고 계시지요. 엄마 밥 다 드실 때까지 둘 다 똑바로 앉으세요. 이나, 유나.”

여섯 개의 눈이 나를 향한다. ‘좀이 쑤시는데 엄마가 언제 밥을 다 먹지?’ 그런 시선이었다. 목이 턱턱 막혔다. 이나랑 유나를 먹여주느라 나랑 현진이는 식사가 늦었다. 그는 남자라 먹는 속도가 나보다 빨라서 내가 늘 꼴찌였다. 대충 욱여

넣는데 현우가 내 쪽으로 물잔을 밀어줬다.

"엄마, 천천히 드세요."

우리 애가 아빠한테 보고 배워서 매너가 좋다. 그래서 유치원에서 인기도 많았다.

"아빠, 나 밖에 물고기 보고 싶어."

"아빠, 나도."

쌍둥이가 그나마 참 다행인 건 삐져도 금방 마음을 푼다는 점이다. 유나는 아빠랑 수족관 물고기를 보고 와서는 기분이 다 풀려서 춤추고 난리였다.

"권유나, 젓가락 들고 춤추고 그러는 거 아니야. 동생이 혼나는데 비웃고 약올리면 같이 혼날 거예요, 권이나."

"네에."

"네에."

"이나, 유나. 서로 째려보지 마. 가족은 싸우는 거 아니에요."

흘겨보다가 아빠가 저지하자 입술을 내밀고 툴툴거렸다. 또 삐졌구나.

다들 우리 쌍둥이가 나를 닮았다고 한다. 얼굴이 나를 빼다 박았다고. 생김새는 나도 동의하는 부분이지만 성격은 확실히 나와 달랐다. 이나와 유나가 서로를 째려보는 눈매에서 어쩐지 묘한 기시감이 느껴졌다.

저 광선 눈빛을 내가 어디서 분명히 봤는데 말이지……

오늘은 여유 있어서 내가 직접 쌍둥이를 픽업했다.

"치마 입으니까 엄마 공주님 같아."

"엄마, 내일도 치마 입으면 안 돼?"

"우리 반 애들이 엄마랑 태하 엄마가 제일 예쁘대."

"이나는 우리 엄마가 세상에서 제일 예쁜 것 같아."

"유나도 엄마가 제일 예뻐."

내가 치마를 입으면 우리 쌍둥이가 정말 좋아한다. 여자애들이라 그런지 내 화장, 옷차림에 무척 관심이 많았다.

"칭찬 들으니까 엄마 되게 기분좋다. 그러니까 이나, 유나 얼른 신발 신어."

어린이집에서 애들을 데리고 나오다가 우연히 태하 엄마를 마주쳤다. 태하 엄마는 나이가 어린데다 쑥스러움을 많이 타서 인사만 하고 헤어지는 게 전부였다.

그런데 오늘따라 갑자기 내게 말을 걸었다. 눈치를 보아하니 일부러 어린이집 앞에서 나를 기다린 것 같았다.

"저기, 이나 어머니. 이거……"

그녀가 눈앞에 꺼낸 물건을 보고 나는 기절할 뻔했다.

"자기야, 자기야. 나 오늘 무슨 얘기 들었는지 알아? 너무 기막혀."

그가 퇴근하기만을 기다렸다. 이 황당한 일을 꼭 말해줘야 했다.

"태하라고 이나랑 유나가 좋아하는 남자애가 있거든."

"쌍둥이 둘 다 걔를 좋아해?"

"응. 태하가 엄청 잘생겼어. 왕자님이야."

황태하. 그애는 우리 현우에 이어서 어린이집 2대 왕자님이었다. 아장아장 반에서부터 이어져온 왕자님 계보를 태하가 잇고 있다.

"우리 이나랑 유나가 글쎄, 현우 금반지랑 금팔찌를 태하한테 갖다줬대. 결혼하자고."

"뭐?"

얼마나 놀랐는지 현진이가 입을 틀어막았다. 처음 들었을 땐 나도 놀랐다. 제 오빠 방에 있는 금붙이를 어떻게 찾아냈을까. 그 어린애들이 말이다. 낯빛이 하얘진 현진이가 못 믿겠다는 듯이 되물었다.

"정말이야?"

"응. 현우 백일 선물로 들어온 거 있잖아. 권승주 사장님이 선물 주신 거. 금반지랑 금팔찌. 그거 주면서 태하한테 결혼하자고 했대."

"그…… 두꺼비 올라간 거?"

"응. 태하가 착해서 돌려줬기에 망정이지. 우리 이나, 유나는 그런 걸 어디서 배운 거야. 얘기 듣는데 나 창피해서 죽는 줄 알았어."

"……"

"근데 생각할수록 웃기고 귀엽더라. 태하 엄마랑 같이 웃었어. 이나랑 유나가 대체 누굴 닮았냐고. 너무 저돌적이라고."

현진이는 거의 넋이 나갔다. 번뇌에 빠진 듯 천장만 바라보면서 푹푹 한숨을 내쉬었다.

"하, 이나야…… 유나야……"

자신의 지난날을 돌아보나보다.

그래, 우리 쌍둥이가 좀 힘들게 해도 참아, 현진아. 내가 봤을 땐 다 네 업보야.

✿

국내외에서 치열하게 시장 1위 다툼을 벌이는 권진 전자가 전사 그룹 캠페인을 결정했다. 권진 건설이 승승장구하고, 업계 입지를 다지면서 글로벌 그룹 캠페인에도 이름을 올리게 되었다. 계열사 분리가 무색한 일이지만 딱히 의아할 것도 없었다. 권승주와 현진이가 워낙 사이가 좋으니까. 본인들은 아니라고 부정하지만 내가 보기엔 그랬다.

"뭐? 권진 글로벌 모델이 누구?"

"강태양."

회사 일이라 시큰둥하게 듣다가 순간 귀가 확 커졌다. 강태양은 내가 재밌게 본 영화 〈폴리스 브라더〉의 주인공으로 나온 배우였다. 출생의 비밀을 가진 경찰 형제가 티격태격하다가 진정한 가족이 되어 마약범을 때려잡는다는 내용으로 최단기간 천만을 찍었는데, 그 이유가 다들 강태양의 빛나는 외모 덕분이라고 했다. 특히 납치당한 형을 구하기 위해 그가 컨테이너에 등장한 순간은 예능에서 꾸준히 회자되는 명장면이었다. 뺨에 핏방울을 묻히고 씩 웃는 얼굴이 관객 모두에게 깊은 인상을 남겼다.

"전자제품 구매력이 높은 여성을 타깃으로 결정된 사항이라……"

"나도 강태양 엄청 좋아하는데."

넥타이를 매주느라 표정 관리를 못했나보다. 현진이가 헤실거리는 내 손을 턱 하고 붙잡았다. 고개를 숙이고는 경고하듯 눈을 맞추고 말했다.

"자기야. 네 남편은 여기 있잖아요. 딴 남자 얘길 하면 듣는 남편이 빡이 치겠어요, 안 치겠어요."

"아니, 그냥 연예인으로서 좋아한다는 거지."

"이나희 너는 나만 좋아해야지."

"당연히 나는 우리 여보만 좋아하지. 근데 자기 오늘 미팅만 하는 거야? 아님 촬영장도 가? 그럼 강태양도 보겠네?"

권승주 사장님이 마지막으로 컨펌한 캠페인 시안을 공유해주지 않았단다. 나이가 지긋한 이사님들 대신 그가 참석한다고 했다. 안 가도 그만, 아랫사람을 보내도 그만이지만 직접적으로 사명이 언급되는 만큼 신경이 쓰이는 모양이었다. 나는 기회를 놓치지 않고 열심히 애교를 부렸다.

“여보, 나 사진 한 장만 찍어서 보내줘. 그냥 자랑만 할게, 응? 현우 선생님이랑 태하 엄마도 강태양 좋아한댔어.”

“됐네요. 나 안 가.”

홱 돌아가는 그를 보며 나는 볼을 긁적였다.

사실 오늘은 그의 생일이다. 정작 본인은 너무 치열하게 바쁜 하루하루를 보내느라 잊은 듯했다. 강태양을 미끼로 일부러 좀 긁어보았는데 오늘이 자기 생일인 걸 전혀 모르는 눈치였다.

나도 오늘의 대미를 위하여 일부러 티내지 않았다. 오랜만에 현진이가 질투하는 걸 보니 입꼬리가 들썩거렸지만 참아야 했다.

나는 비밀스럽게 문자 메시지를 보냈다.

—타깃 준비 완료. 쌍둥이네 이상 없음

한 달 전부터 서프라이즈 파티를 준비했다. 절대 오늘을

망칠 순 없었다.

❀

누군가를 위해서 서프라이즈 파티를 연다는 게 이렇게 행복한 거구나. 가슴이 기분 좋게 두근거렸다. 이럴 때 나는 받는 사랑보다 주는 사랑이 위대하다는 사실을 실감한다.

점심을 대충 때우고 계획을 점검하는데, 갑자기 그에게서 메시지가 왔다.

—나희야, 태블릿 가방 좀 갖다줘. 서재 책상에 있어

—바쁘면 말고

이런 부탁은 처음이었다. 나한테까지 연락한 거면 정말 급한 건데. '바쁘면 말고'는 대체 왜 붙인 걸까?

대충 트렌치코트에 캡을 눌러쓰고 그가 알려준 주소로 갔다. 장소는 엄청나게 큰 스튜디오였다. 살짝 열린 문틈으로 보니 오가는 사람이 많았다. 안에는 클래식 음악을 크게 틀어놓았고, 은은한 향기가 풍기고 있었다.

"어디서 오셨죠?"

"권현진 부사장님……"

"아아. 들어오세요."

입구에서 서성이는데 스태프가 문을 활짝 열어줬다.

"좋아요! 지금 아주 좋아! 그렇죠, 웃으면서! 하늘을 쳐다본다, 미래가 있다! 좋아요! 이야, 잘생겼다! 너무 좋아!"

포토그래퍼의 요란한 감탄이 셔터 소리와 뒤섞여 들려왔다. 태블릿을 안고 사방을 두리번거리는데, 양복을 입은 남자들이 한 무더기로 옆을 지나갔다.

그들 사이에 권승주 사장님이 있었다. 현진이만큼 키가 커서 한눈에 들어왔다. 온기가 느껴지지 않는 차가운 눈빛은 결혼 전이나 지금이나 비슷했다. 허공에서 시선이 부딪치자 그는 고개만 까딱하며 아는 척하곤 휙 사라졌다.

"자, 10분만 쉬겠습니다!"

포토그래퍼가 소리쳤다. 웅성웅성 오가는 인파 속에서 현진이가 먼저 나를 찾아냈다. 심부름을 시켜놓고는 정작 뚱한 얼굴이었다.

"자기야. 태블릿 여기……"

"우와. 사모님이에요?"

기가 빨려서 얼른 도망가려는데 수건을 걸친 포토그래퍼가 급하게 물을 마시면서 다가왔다.

"사모님 스타일이 너무 에지 있다. 부사장님하고 어떻게, 나란히 한 장 찍어드릴까요? 두 분이 완전 그림인데?"

포토그래퍼는 굉장히 열정적이고 살가웠다. 땀을 삘삘 흘리면서도 눈은 반사판을 댄 유리구슬처럼 초롱초롱 빛나고 있었다.

"정말요? 그럼 좋죠. 감사합니다."

그 열정에 홀렸는지 내 손이 저절로 남편의 팔을 잡아끌었다. 뷰파인더 너머로 긴장한 나를 보면서 포토그래퍼가 말했다.

"사모님이 진짜 미인이시다. 배우 하셔도 되겠어요."

"배우보다 예쁘죠."

여태 조용하던 현진이가 입을 열었다. 창피해서 그를 툭 쳤다. 조용히 해. 저 사람은 예쁜 연예인 많이 봤을 텐데.

"네, 진짜요. 부사장님도 정말, 제가 광고주한테 이런 아부를 안 하는데요. 부사장님도 인물 살벌하시다. 강태양한테 하나도 안 꿇리시는데? 이야, 진짜 미남이다!"

순간 우리는 동시에 민망해서 웃었다. 의도한 것인지 셔터

가 파바바박 빠르게 눌렀다. 커다란 디스플레이로 확인했더니, 놀라울 만큼 자연스러운 사진이 나왔다.

"저 잘 찍죠?"

"네."

거실에 걸어도 될 정도였다. 흩어진 내 잔머리를 없애는 정도의 보정을 더해서 파일을 보내준다고 했다.

포토그래퍼가 잠시 화장실에 간 그때, 팔짱을 끼고 있던 현진이가 뒤를 돌아봤다.

"강태양씨."

배우가 간이 휴게실에서 쉬고 있었다. 천막을 걷고, 강태양이 고개만 살짝 내밀었다. 붓으로 그려낸 듯 살랑거리는 눈웃음이 이쪽을 향했다.

"네. 말씀하세요."

"우리 와이프가 사진 한 장 찍고 싶답니다. 안 바쁘면 같이 찍어주시죠."

나는 입을 떡 벌렸다. 말투가 왜 저런지는 둘째치고 정말 상상도 못했던 일이었다. 당황해서 내 남편과 강태양을 번갈아 보았다.

모르겠다. 솔직히…… 내 눈에는 현진이가 더 잘생겼다.

속으로 그런 생각을 하는데, 배우가 천천히 휴게실에서 걸어 나왔다. 무례한 제안에도 웃으면서 내게 묵례하고는 옆에 섰다.

"찍으세요."

웃고는 있는데 귀찮은 기색이 역력했다. 왜 아니겠는가. 나 같은 사람이 어디 한둘일까. 천만 배우로 유명한 강태양인데. 민망해서 얼른 핸드폰을 남편에게 건넸다. 그는 날 째려보면서도 착실하게 카메라 앱을 켰다.

순간 어깨를 감싸는 가벼운 손길이 느껴졌다. 동시에 핸드폰 화면을 보던 현진이가 정색하고 시선을 올렸다.

"……어깨 손은 치우죠?"

"여보, 그냥 빨리 찍어줘. 응? 하나, 둘, 셋!"

인간의 DNA에 새겨진 하나, 둘, 셋의 명령이 작동했다. 어쩔 수 없이 사진은 찍었지만 남편은 썩 내키지 않는 얼굴이었다.

"감사합니다."

내게 눈웃음으로 답한 강태양은 다시 천막 안으로 사라졌다. 역시 비싼 배우였다. 생각지도 못하게 강태양을 만났겠다, 사진도 찍었겠다, 그런 갑작스러운 선물을 안겨준 남편은 그래놓고 뭐가 그렇게 마음에 안 드는지 나를 흘겨보기 바빴다.

이제 내게는 넘어야 할 난관이 남아 있었다.

❀

"그게 잘생겼냐?"

"에이, 왜 그래. 더 볼 일도 없는 사람인데."

"그게 잘생겼냐고."

수행 기사를 먼저 보내길 천만다행이지. 운전하는 내내 그가 토라져서 시비를 걸어댔다.

"미남 좋아하시네. 잘생기긴 퍽이나 잘생겼다. 예쁘장한 게이 같던데."

"현진아. 예쁜 건…… 네가 더 예뻐. 그리고 솔직히 강태양보다 네가 더 잘생겼더라. 객관적으로도 그래."

너의 배려에 감동했다, 우리 남편이 최고다, 강태양이 실물은 별로더라. 없는 소리까지 하면서 열심히 그를 달래줬다. 내게는 대배우와 찍은 사진이 남았다. 그걸로 됐다.

"나야, 그 새끼야."

"당연히 너지, 현진아. 삐지지 마, 응? 자기야."

아니, 이럴 거면 부르질 말든가. 굳이 날 불러서 사진까지 남겨주고는 웬 심통이야. 하지만 처음 보는 남편의 대인배적인 면모가 무척 새롭고, 또 고마웠기 때문에 불만은 그냥 혼자 삼켰다. 게다가 오늘은 더 중요한 일이 남았으니까.

"나 오늘 호텔 예약했다? 엄마가 애들 데리고 양떼목장 다녀온대. 1박 2일로."

"지…… 진짜야?"

눈이 확 커졌다. 그건 또 설레나보지? 정말 웃기는 남자다.

"진짜지, 그럼. 찬희랑 놀러간다길래 내가 우리 애들도 데려가라고 했어. 나 잘했지?"

"아니, 왜…… 뭐. 호텔 가서 뭐하게."

얼씨구. 이제 와 표정을 굳혀봤자 이미 늦었다. 앙탈은 정말 세계 일등이다. 우리 쌍둥이보다 더하면 더했지, 결코 덜하지 않았다.

세단의 속력이 조용히 올라갔다. 엄청나게 삐진 그는 날 쳐다보지도 않으면서 착실하게 호텔로는 가고 있었다.

몸과 입술이 따로인 권현진. 저 남자 대체 누구 남편인지 귀여워 죽겠다, 정말.

"빨리 올라가자, 어?"

그렇게 딴청을 피우더니, 막상 호텔 입구의 거대한 회전문을 돌 때부터 내 옆에 껌딱지처럼 들러붙었다.

"잠깐만, 커피 테이크아웃해서 올라가자. 오늘 아직 한잔도 못 마셨어. 머리가 멍해."

"룸서비스 시켜줄게."

"뭐하러 그래. 안 그래도 비싼데. 카페에서 사가지고 올라가면 되지. 코앞이야."

"이나희. 지금 커피는 무슨 커피야. 시간이 벌써 4신데."

짜증까지 내면서 룸으로 올라가자고 난리였다.

"아니, 저기 케이크도 맛있단 말이야. 케이크 하나만 사서 올라가자."

결국 한숨을 뱉은 그가 허리춤을 짚었다. 땅에 처박았던 고개를 들면서 인내하듯 말했다.

"나희야. 룸서비스 시켜줄게. 다 시켜. 다 사줄게. 그냥 빨리 좀 올라가자, 어?"

"자기야, 뭐가 그렇게 급해. 케이크 뭐 있나 좀 보자. 빵도 좀 고르고…… 여기 베이커리 맛있단 말이야."

"나희야, 너 빵 먹다 죽은 귀신 붙은 거 아니지? 이젠 좀 의심되려고 한다."

"권현진."

"빵이야, 나야."

"우리 자기 또 시작이다."

"빵이야, 나야?"

"빵은 어떤 빵인데. 케이크야, 아님 단팥빵 이런 거야. 자기가 단팥빵 정돈 쉽게 이겨."

"……케이크면."

"케이크는…… 어느 호텔 케이크인데?"

"야. 나 집에 간다."

"현진아. 농담이야. 장난 한번 쳤어."

얼른 팔을 붙잡고 입을 틀어막았다. 웃음소리가 너무 크게 튀어나올 것만 같았다.

"우리 여보 반응이…… 너 이렇게 귀여우니까 내가 자꾸 장난 걸잖아, 권현진."

"네. 재밌으세요."

어깨까지 들썩이는 날 내려다보면서 그가 황당해했다. 쉽게 뿌리칠 수 있는 내 손에 얌전히 잡혀 있는 내 남편이 진짜 귀여웠다. 눈물까지 흘리면서 웃었다.

"몇 살이야, 진짜."

"넌 몇 살인데. 나도 너랑 비슷해요."

"큰일났다. 우리 언제 철들어."

"그냥 평생 이러고 사세요, 이나희씨."

투명한 케이크 진열장 앞에서 나는 고민했다. 시간은 4시 45분. 시간을 더 끌어야 하는데……

"자기야. 망고 먹을까, 딸기 먹을까? 케이크 어떤 게 더 맛있을까?"

돌아보자 그가 정말 살벌한 눈으로 나를 노려봤다. '그딴 걸 왜 나한테 물어. 정말 궁금해서 묻냐?' 그런 얼굴이었다.

"먼저 올라가 있을래? 여보가 좋아하는 샤워하고 있어."

"……싫어. 같이해. 케이크는 딸기."

"망고가 더 맛있어 보이지 않아?"

"그럼 망고 하든가."

"아닌가. 딸기가 더 맛있으려나."

갈팡질팡하는 사이에 현진이가 종업원을 불렀다. 진열대의 빨갛고 노란 케이크를 차례로 가리켰다.

"딸기, 망고. 둘 다 포장 부탁합니다."

케이크로 더 시간을 끌 수가 없어지자 나는 빵을 골랐다. 현진이는 포기한 듯 아예 팔짱을 끼고 내 뒤를 따랐다.

"드세요. 많이 드세요. 열량 높은 거 골라서 드세요. 운동 많이 시킬 거니까."

드디어 계산하네. 카드를 꺼내는 그가 웃으며 이를 갈았다.

"빵이 세상에서 다 사라졌으면 좋겠다."

나는 이 호텔에서 제일 좋은 룸을 잡았다. 꼭대기 층 전체를 쓰는 이그제큐티브 스위트룸이었다. 오랫동안 엘리베이터를 타고 올라가느라 자연스러운 침묵이 내려앉았다. 초조하게 시계를 쳐다보는데 불퉁한 목소리가 옆에서 흘러나왔다.

"너무 잘생기셨어요, 팬이에요."

"응?"

"그런 소리를 잘도 하더라."

"아까 내가 그런 말을 했어? 아닐걸."

"했거든요."

"혼잣말했나보지. 배우를 만난 게 그냥 신기하니까."

그때는 갑작스러운 상황에 당황해서 기억도 잘 나지 않는다. 내가 무슨 말을 했는지도.

"나 없었으면 아주 끌어안고 찍었겠다?"

"에이, 무슨. 나는 자기밖에 모르는데."

"아주 헤벌쭉해서……"

"내가 언제 헤벌쭉했어."

나는 마지막으로 시간을 확인했다.

5시. 약속한 5시 정각이었다. 긴장해서 방문을 열지 못하고 카드 키를 만지작거리는데, 현진이가 그런 내 손을 잡아다가 자기 중심부로 이끌었다.

딱딱해진 욕망이 느껴졌다. 화들짝 놀라서 손을 치우자 현진이가 미간을 잔뜩 좁히면서 물었다.

"왜 피해?"

충격받은 듯한 얼굴이었다. 그 순간 안에서부터 문이 열렸다.

"뭡니까, 지금."

인상을 구긴 현진이가 내 앞을 가로막았다. 열린 문틈으로 호텔 안에 있는 침입자와 그가 눈을 맞췄다.

"찬희……?"

놀란 현진이가 읊조린 동시에 문이 벌컥 열렸다. 공기 폭죽이 펑펑 터지고, 릴테이프와 꽃가루가 그의 머리 위에 떨어졌다.

"생일 축하합니다!"

"아빠아!"

"아빠, 생일 축하드려요!"

"우리 사위! 생일 축하해!"

요란한 생일 축하 음악이 흘러나왔다. 고깔모자를 쓴 삼남매와 찬희네 식구들, 엄마까지 우리 가족이 모두 거기 있었다.

현진이가 당황해서 굳어진 사이, 나는 얼른 케이크를 꺼냈다. 주머니 속에서 수없이 매만진 LED 초를 거기 꽂았다.

"자기야, 생일 축하해!"

이 서프라이즈 파티를 하겠다고 내가 그 모진 구박을 견뎠다. 세상의 모든 빵을 다 없애버리겠다는 협박도 받았다. 그래도, 그래도 나는……

"사랑해, 현진아! 세상 어떤 케이크보다 나는 자기를 제일 사랑해!"

그가 케이크를 들고 서 있는 날 보면서 허물어지는 웃음을 터뜨렸다.

❀

창진이 부부가 뒤늦게 합류했다. 도시 구경하는 시골 쥐처럼 정신 사납게 호텔 안을 들락거렸다.

"우와, 머리털 나고 이런 데 처음 와본다. 야, 찬희야. 여기 대체 방이 몇 개야?"

"여덟 개. 나도 아까 다 세어봤다니까. 신기해서."

다 같이 룸서비스를 잔뜩 시켜 먹었다. 어른들끼리 샴페인도 한잔씩 마셨다. 사람들 사이에서 현진이는 행복해 보였다.

아니, 사실은…… 기뻐하고 있는데 어딘가 슬퍼 보였다. 내 눈을 속일 순 없다.

"아빠! 고양이 머리띠 해봐!"

"아니야, 아빠! 미키 머리띠 해!"

"아빠, 이거. 얘가 미크로파키케팔로사우루스. 내가 제일 좋아하는 공룡."

"아빠, 유나 매니큐어 발라줘."

"아빠, 이나 머리 묶어줘!"

"아빠, 얘는 드라코렉스 호그와트시아. 얘도 귀엽지?"

목가적이고 이 바글바글한 행복 바구니에서 이제는 그만 탈출하고 싶은 얼굴이다. 나는 슬그머니 그에게 다가갔다. 불온한 손을 까닥거리자 남편은 익숙하게 고개를 숙여온다.

"여보, 우리 튀자."

"뭐?"

감히 그럴 순 없다는 눈빛이었다. 생일 파티를 준비해준 가족들을 배신할 수가 없겠지. 착한 권현진. 가여운 권현진. 오직 나한테만 가혹한 바보 같은 권현진.

"이 호텔에 지금 우리 가족들 전부 모여 있잖아. 그럼 우리집은 텅 빈 거야. 자기가 결정해. 누나는 튈 건데 따라올 거야, 말 거야. 홍콩 갈 거야, 말 거야. 빨리 결정해."

그의 눈이 심히 흔들렸다. 우리 애들은 찬희네 애들하고 놀면 된다. 매일 다정한 아빠가 하루쯤 안 보여도 그만이다. 여기엔 우리 엄마도 있고, 찬희 부부도 있으니 알아서 챙겨줄 것이다. 현우도 벌써 의젓하고.

우리끼리 속닥거리는 걸 김창진과 이찬희가 발견했다. 무슨 초딩도 아니고 눈을 세모꼴로 뜨고는 우릴 놀려댔다.

"둘이 혹시 사귀어?"

"그러게. 둘이 진짜 사귀는 거 아니야?"

"완전 얼레리꼴레리네."

내 제안에 고민하던 착한 현진이는 유치한 저 둘 때문에 마음이 흔들린 듯했다.

"찬희야. 내 생일까지 챙겨줘서 정말 고맙다."

"에이, 매형! 우리가 뭐 남인가요. 새삼스럽게 고맙기는요. 생일 선물 혹시 갖고 싶은 거 있어요?"

"아니, 근데 어째 별로 즐겁지 않은 눈치예요. 우리 현진 씨는."

"즐겁습니다. 행복하고요. 고맙고, 감사하고, 기쁩니다. 근데 찬희야."

"네, 매형."

"우리 애들 데리고 양떼목장은 진짜 안 가는 거야?"

"그거 그냥 농담이었는데."

"그렇구나. 농담, 농담이었구나……"

양떼목장에 마지막 희망을 걸고 있었나보다. 미안하지만 그럴 리가 없잖아. 수진이도 찬희도 피곤한데 1박 2일로 우리 애들까지 데리고 어딜 가. 그런 기적은 일어나지 않는다고.

"나희야, 튀자."

"진짜 튈 거야?"

"어. 가자. 백 어디에 뒀어."

"몰라. 가방 버려도 돼."

조용히 튈 궁리를 하는 사이, 뒤에서는 이찬희가 창진이와 함께 우리를 지켜보고 있었다.

"저 집은 어떻게 365일 연애중이냐."

피스타치오를 집어먹으면서 우리 들으란 듯이 숙덕거렸다.

"그러니까. 애가 셋인데 아직도 저러네."

"제일 미스터리야, 나는."

"진짜 여전하다. 저 두 사람."

그날은 곧바로 집으로 돌아가지 못했다. 우리 둘 다 너무 급했다. 같은 호텔의 제일 기본인 스탠다드 룸을 잡았다.

"나희야, 쉿. 소리 울린다."

안 그래도 좁은 방이라 신경이 쓰이긴 했다. 하지만 참을 수가 없었다.

"아니, 벽에 석고 대신 습자지를 발랐나. 건물을 뭐 이따위로 지었어?"

이나와 유나가 말을 트면서부터 현진이는 곧장 수술을 받았다. 그때는 둘 다 아무 이견 없이 합의가 됐다.

"이찬희한테 생일 선물 뜯어낼까."

"여보 뭐 갖고 싶은 거 있어?"

"어."

"뭔데? 혹시 양떼목장?"

"아니. 나희야. 목장도 좋은데, 난 자유가 갖고 싶어. 온전히 우리 둘만 있을 수 있는 시간. 자유."

순간 좋은 생각이 떠올랐다. 왜 그걸 잊고 있었지? 이렇게 마음이 통하다니, 그의 잘생긴 이마에 길게 뽀뽀를 갈겼다.

"자기야, 나만 믿어!"

프랑스에 가고 싶다고 이찬희가 한동안 염불을 외웠었다. 나는 그 말을 떠올리고 미끼를 던졌다. 매형을 위한 생일 선물이라고.

미끼는 금방 물렸다. 그렇게 찬희네가 유럽 여행을 떠났다. 우리 엄마와 삼 남매를 다 데리고 갔다. 무려 일주일이나 되는 긴 여정이었고 돈은 현진이가 다 댔다.

아이들이 없는 일주일은 정말 꿀처럼 달콤했다. 역시 인간은 결핍 속에서 행복을 찾는 연약한 존재였다. 모든 걸 갖고서는 진정한 행복을 알 수 없다.

삼 남매 없이 우리에게 시한부로 주어진 일주일. 그 시간은 몰디브로 갔던 신혼여행보다 더 좋았다.

만약 우리가 중간에 싸우지만 않았더라면 일주일이 조금은 더 길게 느껴졌을까.

"사람을 대체 왜 이렇게 열받게 하냐. 너 진짜 짜증나, 이나희."

강태양과 찍은 사진을 SNS에 올린 게 발단이었다.

"댓글 봐. 그 새끼가 네 남편이냐고 묻잖아. 진짜 빡치네."

"외국인이라 강태양을 몰랐나봐. 아직 남아공에는 한류가 도착을 안 했나……"

당황해서 저런 말이 막 나왔다. 나도 참 한심하다. 저걸 변명이라고 해. 아니나 다를까, 현진이가 나를 세차게 노려봤다.

"사진 지워. 너 못 나왔어."

"잘 나온 것 같은데……"

"못생기게 나왔다고. 실물은 이렇게 예쁜데."

그 사진은 결국 삭제하기로 했다. 남편이 저렇게 싫다는데 올려둘 이유가 딱히 없었다. 게다가 역지사지로 생각하면 나도 화가 날 테니까. 저 불같은 성격에 현진이가 많이 참아준 것이었다.

그런데 SNS 사건의 결론은 엉뚱한 방향으로 흘러갔다.

@3kids_papa

다음날 SNS 어플에 추천 계정이 하나 떴다. 삼 남매 아빠라는, 다소 직관적인 아이디가 어쩐지 익숙하게 느껴졌다. 클릭하자 프로필에 이런 문구가 써 있었다.

@3kids_papa

아들 하나, 쌍둥이 공주님들 모시고 사는 삼 남매 아빠입니다.

뭐지, 이 아재 같은 소개는. 그때 텅 비어 있는 프로필에 사진이 업데이트됐다. 아기 띠에 이나와 유나를 앞으로 안고 현우 손을 잡고 있는 사진. 얼굴은 제대로 안 나왔지만 분명 내 남편이었다. 눈을 비비고 다시 봐도 확실했다. 내가 찍어 준 사진이니까.

정말 어이가 없다못해 귀여워 깨물어주고 싶다, 권현진. 싸우고 잠깐 냉전중인데도 그가 귀여워 보이니 나도 중증이다. 점심을 먹고 다시 SNS를 켜보니까 아이디가 미세하게 바뀌어 있었다.

@dadoong_papa

다둥이 아빠……

얘가 아이디를 고민하고 있구나. 그가 이깟 걸 갖고 고민까지 한다는 사실이 참을 수 없이 깜찍했다. 바로 전화를 걸자 그가 받았다.

"자기야, SNS 시작했어?"

—어. 되게 빠르시네요.

마케팅팀에서 사생활을 일부라도 노출하면 도움이 될 것 같다고 했단다. 과연 그게 전부일까. 물론 자기가 먼저 하겠다고 했겠지.

"얼굴은 공개 안 하고?"

—상관없는데 전신 샷이 더 좋을 것 같대.

신뢰감, 일등 이미지, 알파남, 가정적이고 든든한 남성적인 느낌을 대중에게 심어줄 것 같다나.

나는 퇴근한 그와 머리를 맞대고 SNS를 만졌다. 나도 잘은 모르지만, 커플끼리 SNS에서 어떻게 티를 내는지 같이 연구했다. 그래 봤자 프로필 문구에 서로의 아이디를 거는 게 전부였지만, 그에 비해 만족감이 훨씬 컸다. 혼인신고를 했을 때만큼이나 서로의 관계가 공표된 기분이랄까.

"이래서 SNS를 하나봐. 그치."

"그러게……"

현진이가 SNS를 만든 지 사흘이 채 되지 않아서 기사가 났다. 팔로워는 기하급수적으로 증가했고, 덩달아 내 지인들도 하루가 멀다고 바쁘게 연락이 왔다. 남편이 정말 재벌이 맞느냐고, 권진 건설의 그 사람인지 궁금해했다.

격세지감이 느껴졌다. 내가 우리의 첫 만남을 기억하는 순간부터 그는 '회장님 장손'이라고 불렸다. 권현진이라는 이름 세 글자보다 누구의 아들, 누구의 손자. 그 타이틀이 늘 먼저였다.

하지만 더는 아니다. 그는 불행한 가족사를 가진 집안의 그늘에서 벗어났고, 일어섰다. 나는 위성처럼 외로이 떠돌던 첫사랑에게 기어코 손을 내밀었고, 그는 나라는 연약한 밧줄을 사정없이 붙잡았다. 그렇게 하나로 이어진 나와 내 남편은 없으면 안 되는 사람들처럼 허겁지겁 서로를 끌어당겼다.

우리는 기어코 사랑 안에서 염원을 이뤄낸 승자들이다.

아이들이 없는 일주일이 소소하게 지나가는 중이었다. 삼남매가 없는 닷새는 쏜살처럼 빨랐고 마지막 이틀은 이상하리만치 느렸다. 나와 현진이를 꼭 반반씩 닮은 아이들이 보고 싶어서 죽을 것 같을 때쯤, 마침내 집안이 시끄러워졌다.

"다녀왔습니다!"

"아빠! 엄마!"

"엄마! 아빠아!"

삼 남매는 이상한 선글라스를 하나씩 끼고 돌아왔다. 여행이 즐거웠다는 증거였다.

"현우야. 이나야, 유나야! 아빠가 너무 보고 싶었어요. 아빠 죽는 줄 알았어. 이나, 유나 보고 싶어서."

현진이는 언제 자유를 원했는지 모를 사람처럼 완전히 변심했다. 현우를 안고 쌍둥이 사이에서 잃어버렸던 하느님을 되찾은 사람처럼 행복해했다.

"유나야, 아빠 안 보고 싶었어?"

"응!"

"이나야…… 이나도 아빠 안 보고 싶었어?"

"응!"

애들이 아빠 없이도 즐겁게 잘만 놀다 왔다는 사실에는 약간 배신감을 느낀 것 같았다.

"아빠, 태하 엄마한테 진화해줘. 나 내일부터 어린이집 간다고."

"아빠, 빨리!"

"이나야, 유나야……"

"얼른 전화해줘. 태하가 이나랑 유나랑 기다린다고 했어."

"태하 기념품도 갖고 왔지롱."

유나가 에펠탑 마그넷을 자랑스럽게 펼쳐 보였다. 이나도 질세라 반짝반짝 빛나는 마그넷을 꺼내 보였다. 각각 태하에게 줄 선물이라고 했다.

"유나야, 아빠 거는 어딨어?"

"응?"

"아빠 거요. 아빠 선물. 프랑스 기념품."

태하를 두고 싸우던 쌍둥이가 갑자기 한편이 되었다. 날 쳐다보면서 끔뻑끔뻑 눈을 느리게 떴다.

"엄마…… 나 졸려……"

"이나도 졸려……"

쌍둥이의 기가 막히는 행태에 나와 현진이는 헛웃음을 터뜨렸다. 아빠는 걸핏하면 해외 출장 가니까 기념품을 안 사 온 모양이다.

"얘네 진짜 누구 닮았냐."

"난 누군지 알 것 같아."

모를 수가 없지. 째려보는 얼굴을 좀 봐, 현진아. 저 불타는 시선. 저게 누구겠어.

"금반지 때부터 알아봤지."

"와, 이나희. 기억 안 난다며!"

"그걸 어떻게 잊어. 아찔한 금두꺼비의 추억을."

"근데 그땐 왜 모르는 척했어."

"여보 민망할까봐."

"배려가 아주 눈물난다."

"그럼요. 왜냐면 우리 자기는 울보니까요."

장난을 좀 걸었다고 나를 고문하듯 간지럽혔다. 항복을 수십 번 외친 뒤에야 그에게서 벗어났다. 머리가 엉망진창이었다. 그때, 자러 간다던 이나가 주뼛주뼛 나타났다.

"엄마, 이거 뭐야?"

손에는 낯선 뭔가를 들고 있었다. 장난감인가? 저게 뭔지 나는 한눈에 알아보지 못했다. 현진이가 나보다 먼저 반응했다. 하얀 기계를 받아들고는 잠깐 쳐다보다가 김빠진 웃음을 뱉었다.

"이나 이거 어디서 찾았어요."

"저기 창고. 서랍."

"창고는 왜 갔어요. 잠은 왜 안 자고, 어? 권이나."

"태하 선물 주려고……"

순간 빵 터진 현진이가 큭큭 웃었다.

"미치겠다. 아빠 골 아프다, 이나야. 아빠가 태하를 한번 만나봐야겠네."

태하를 향한 집착도 어쩐지 낯설지 않았다. 나를 닮은 우리 딸한테서 현진이의 향기가 느껴졌다.

"아빠, 그거는 뭐야?"

"이건 아픈 사람이 숨 쉬는 기계예요. 아빠가 예전에 쓰던 거니까 아빠한테 주세요."

네뷸라이저. 정말 까맣게 잊고 있었다. 이사 오면서 미처 버리지 못한 짐 중에 섞여 있었나보다.

"아빠, 아파?"

"아니. 안 아파. 이나가 뽀뽀해주면 바로 나아."

쪽. 볼에 뽀뽀를 받은 현진이가 이나를 안고 쌍둥이 방으로 갔다. 애들을 재우고 돌아와서는 쓰레기통에 네뷸라이저를 툭 던져넣었다.

"여보, 우리 애들 있으니까 이제야 사람 사는 집 같다. 그치."

옆에 누운 현진이가 팔베개를 해주고는 날 끌어안았다. 고개를 대충 끄덕거리기에 나는 남편 쪽으로 몸을 돌려 누웠다. 오늘은 마주 보면서 잠들고 싶었다.

"그래도 셋 낳길 잘했다. 그치."

"그러네."

아무래도 셋은 별로인가. 재는 현우 하나만 키울 때가 더 좋았나. 어쩐지 탐탁지 않은 대답에 혼자 입술을 삐죽이던 그때였다. 어둠 속에서 나를 꽉 끌어안은 그가 느리게 속삭였다.

"좋다. 내 가족이랑 사는 거……"

이런 기분이었어.

따스한 이 품속에서 우리는 모든 상처를 치유한다. 그래, 너와 함께라면 나는 아무것도 두렵지 않았다. 내게 용기를 주는 것. 그건 오로지 사랑뿐이었다.

더는 어떤 꿈을 꿔도 우리의 일상만큼 안락할 순 없으리라.

우리는 한몸처럼 서로에게 안긴 채 거의 동시에 꿈속으로 빨려들었다. 또다시 찾아올 내일을 향하여.

(『시절연애: 외전 3』에서 계속)

시절연애: 외전 2

초판 발행 2025년 10월 10일

지은이 마셰리

책임편집 한나래 | **편집** 김유진 박을진 | **외주교정** 유혜림
표지디자인 이현정 | **본문디자인** 최미영
저작권 박지영 형소진 주은수 오서영 조경은
마케팅 정민호 서지화 한민아 이민경 왕지경 정유진 정경주 김혜원 김예진 이서진
브랜딩 함유지 박민재 이송이 박다솔 조다현 김하연 이준희
제작 강신은 김동욱 이순호 | **제작처** 영신사

펴낸곳 (주)문학동네 | **펴낸이** 김소영
출판등록 1993년 10월 22일 제2003-000045호

주소 10881 경기도 파주시 회동길 210
대표전화 031-955-8888 | **팩스** 031-955-8855 | **전자우편** elixir@munhak.com
인스타그램 @elixir_mystery | **X(트위터)** @elixir_mystery

ISBN 979-11-416-1276-4 04810
979-11-416-1271-9 (세트)

엘릭시르는 출판그룹 문학동네의 장르문학 브랜드입니다.